O
SAL
VA
DOR
DO MUNDO

José Roberto Aguilar

O SALVADOR DO MUNDO

ILUMINURAS

Capa e *Projeto gráfico*
Eder Cardoso/ Iluminuras
sobre pintura "A mosca", de José Roberto Aguilar, da série *Poesias*, 2010, 2,10m x 1,70m, acrílico s/ tela. "A mosca" é um poema de Arnaldo Antunes, do livro *As coisas*.

Preparação
Jane Pessoa

Revisão
Monika Vibeskaia

CIP-BRASIL. CATALOGAÇÃO NA PUBLICAÇÃO
SINDICATO NACIONAL DOS EDITORES DE LIVROS, RJ
A235s

Aguilar, José Roberto, 1941-
O salvador do mundo / José Roberto Aguilar. - 1. ed. - São Paulo : Iluminuras, 2021.
176 p. : il. ; 23 cm.

ISBN 978-65-5519-082-3

1. Romance brasileiro. I. Título.
21-69963 CDD: 869.3
CDU: 82-31(81)

Meri Gleice Rodrigues de Souza - Bibliotecária - CRB-7/6439

2021
EDITORA ILUMINURAS LTDA.
Rua Inácio Pereira da Rocha, 389
05432-011 - São Paulo - SP - Brasil
Tel. / Fax: 55 11 3031-6161
iluminuras@iluminuras.com.br
www.iluminuras.com.br

SUMÁRIO

O SALVADOR DO MUNDO, 9

Agradecimentos, 173

Sobre o autor, 175

O SALVADOR DO MUNDO

Esta é a estória de uma pessoa que nasceu zero e que tenta compreender quem é, qual é o seu lugar no mundo e o que é o mundo.

1

Todos o conheciam como Zé da Merda. Sua presença era sempre anunciada antes de sua chegança física. Zé encostou a cabeça no pequeno monturo que era uma miniatura do gigantesco monturo sanitário às suas costas. Zé era o guardião invisível de um dos maiores depósitos de lixo da América Latina. Dividido por bairros como uma cidade. Bairros nobres onde o lixo era sucata. Metal. Seus habitantes eram barões. Vendiam a sucata por quilo. Tinham capangas que espancavam os outros habitantes que se aproximassem do bairro nobre.

Abaixo da escala social se encontrava a classe média, os mercadores. Donos dos monturos de papel e plástico. Não existia reciclamento do lixo. Era mais um arranjo dos lixeiros com os chefes de cada seção. E plásticos e papel vinham envoltos em sujeira. Limpar os detritos e empilhar a mercadoria era trabalho dos subs.

Os pobres. Os habitantes dos monturos orgânicos. Bandos de crianças barrigudas comandadas por jovens velhas esqueléticas varriam o lixo em busca de comida deteriorada. O butim era variado. No meio de carcaças de cães em decomposição, restos de iogurte, queijos e alguma semelhança com comida. Agentes sanitários vinham ao local para retirar a desova de assassinados e mortos. Em geral, envenenamento alimentar. Oitenta por cento das crianças não sobreviviam ao primeiro ano, sessenta por cento ao segundo ano, quarenta por cento ao quinto. Vez ou outra, alguns supermercados em ação de caridade depositavam os alimentos vencidos numa área demarcada conhecida como restaurante — respeitada pelos barões e pelos mercadores, que, inclusive, colocavam seus capangas para a distribuição dos alimentos, evitando o caos do saque.

Zé da Merda moveu a cabeça e olhou para o céu estrelado. Ninguém, a não ser ele, permanecia no monturo sanitário por mais de seis horas. O odor era pútrido. Materiais orgânicos em decomposição criavam uma atmosfera em que a contínua respiração provocava náuseas e vômitos. Mas seu organismo se configurou e ele dormia e vivia dias seguidos no monturo. Saía para alguma eventualidade, uma tarde ou uma manhã, mas sempre voltava. O cheiro impregnava a roupa e a pele. Nenhum banho ou sabonete ou mesmo perfume eram eficazes. Da ineficácia do banho para o esquecimento do mesmo foi um pequeno passo. Ele não sentia mais o cheiro, os outros sim. Daí seu apelido.

Um metro e setenta de altura e dezoito anos de idade poderiam significar atributos de individualidade ao isolar uma pessoa de um grupo medindo sua altura e contando os anos de sua existência. Mas para o Zé isso já estava diluído havia muito tempo. O corpo já estava se deformando devido à contínua exposição a desafios gigantescos, como a alimentação e a higiene condizentes com seu meio ambiente.

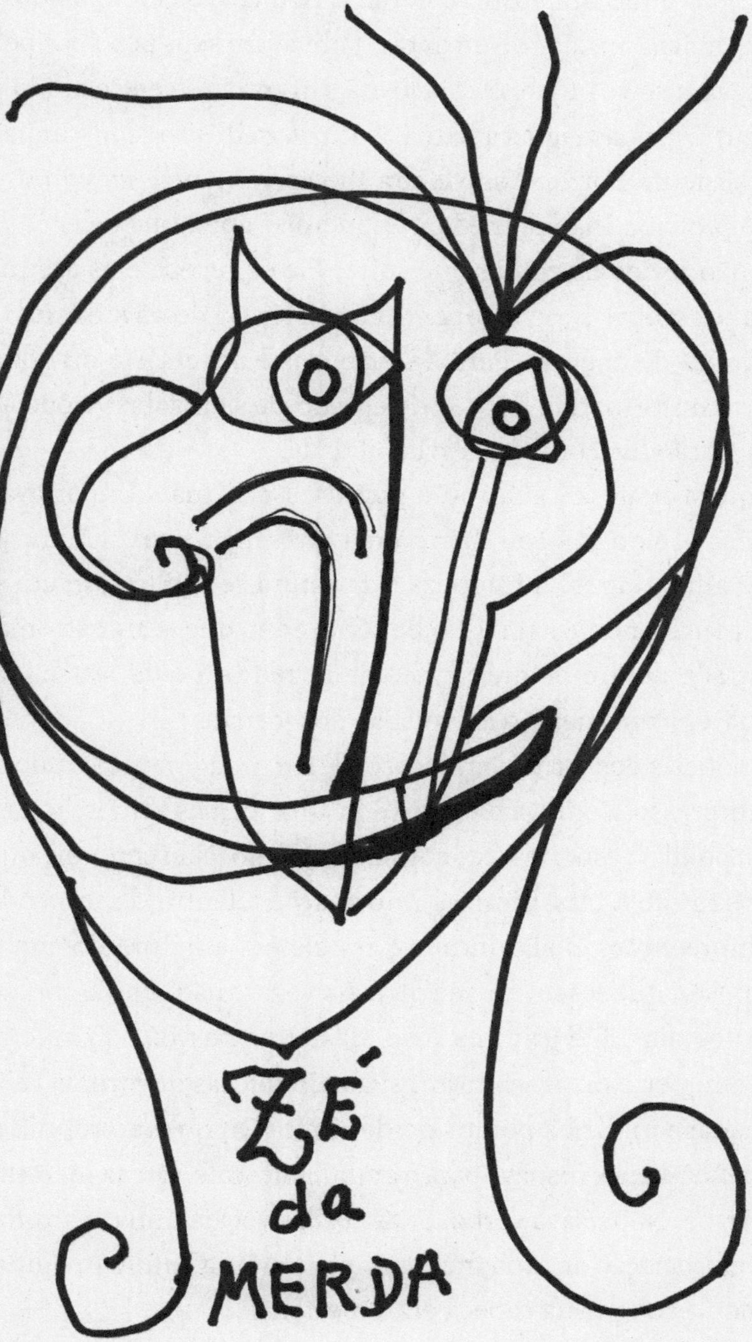
ZÉ
da
MERDA

E o tempo se tornara abstrato demais. Seu corpo era habitado por piolhos, pulgas, insetos diversos que habitavam seus pés, seus pelos, e chupavam seu sangue. O cabelo era um cordame entrelaçado por nós e sujeira, quase igual à barba. A imagem de um *sadhu* indiano. Zé se veste de horror. Essa feiura lhe serve. Funciona como um escudo protetor. Inspira medo. Ninguém se aproxima dele.

Zé não revida os golpes que sofre. Ele os recebe e os assimila. Revidar os golpes seria reconhecer a existência do adversário. Um gasto inútil de energia. Para Zé, não existe adversário ou golpes. Apenas conformação. Esse é o segredo de sua sobrevivência. A conformação lhe confere a invisibilidade.

Naquela noite Zé abaixou a guarda. Nada mais importava. A desistência, ele a abraçou. Não comia a três dias, nem comida nem dejetos alimentares. A fraqueza e a tontura se infiltraram em seu corpo, convidando-o a um grande sono. Sono que se transformaria em estrada dentro daquela noite de dezembro e de Natal. Nada importava. Nem mesmo as notícias dos jornais.

As notícias dos jornais eram o sol de Zé. Imaginava ler tudo que fosse impresso. Retirava tudo do monturo. Jornais velhos. Todas as seções: política, esportes, economia, cotidiano. Não entendia quase nada. Não sabia classificar as informações dentro de um código de compreensão. O significado para ele era a leitura do começo ao fim. Não que lesse em voz alta. Às vezes, não emitia um som por vários dias. Ele grunhia para afastar as pessoas quando elas chegavam perto ou ameaçavam suas bibliotecas de jornais velhos espalhadas em vários pontos do depósito. Ou quando reunia um pequeno dinheiro, rosnava para o ambulante: café. Ou na mercearia: quilo-arroz. Não usava verbo. Suas cordas vocais tinham atrofiado para a enunciação de uma frase completa. Mas a leitura imaginária e a ordenação em sua cabeça eram perfeitas.

2

Fora depositado num orfanato. Localizado num morro. Numa das grandes cidades de porto do país. Santos. José. Um par de olhos que via tudo. Conjunto e detalhes. Um menino sem reações. Argila na mão dos mais velhos. Chorava quando uma situação chegava ao extremo. Depois esquecia. Não nutria vingança ou empatia. Convivência nula. Os outros meninos eram sombras. Era considerado pelas irmãs de caridade como uma criança autista. Mas não dava nenhum problema. Obedecia a tudo. Sem interesse. Não aprendeu nada, a não ser noções básicas de higiene. A invisibilidade o acompanhava desde a infância. Passaram-se nove anos. Um dia a porta de entrada do orfanato estava aberta e ele saiu. Duas semanas depois, as freiras perceberam sua ausência.

Não foi difícil. Zé ia para as feiras e carregava sacolas para as senhoras. Suas necessidades eram mínimas e os trocados bastavam. Dormia nas docas em cima dos engradados. Foram meses de tranquilidade. Era verão.

Um domingo aventurou-se pela várzea vizinha. Um quadrado formado pelo campo de futebol e cercado por barzecos ou pontos de venda de cerveja, cachaça e espetos de churrasco.

Zé perambulava à toa, quando sua atenção focou-se na figura de um homem lendo jornal. Cabe tanto nas folhas impressas. E aquele homem lia o jornal por mais de meia hora. Zé acompanhava todo o processo, maravilhado. O primeiro interesse. O mundo se dividiu para ele em duas partes: o cognitivo em si, paisagem, coisas, pessoas, aquilo que pode ser apreendido pelos sentidos, e o outro mundo: o dos símbolos, aquele que precisa ser traduzido.

O homem já percebera o menino havia algum tempo. Abaixou o jornal e perguntou:

"Menino, você sabe ler?"

"Não", grunhiu.

"Eu sou professor. Vivo naquele barraco pintado de verde atrás da mercearia. Posso te ensinar. Apareça amanhã às quatro da tarde." E voltou a ler o jornal.

Professor Geraldo. Fora diretor das escolas primárias do município. Vocação inata para o ensino. Lecionar era uma arte que dominava. Havia sido expulso do cargo e da classe docente por uma acusação que se demonstrou um fato: pedofilia. Perdeu tudo e se misturou no anonimato da periferia.

Dizer que ler ou juntar sons que formasse um símbolo fonético na forma de palavras fosse uma razão de vida para Zé seria dizer uma não verdade. Entre razão e vida existia uma pequena distância. Para Zé não existia distância nenhuma. Ler era vida. Mais sólido que uma garrafa, um coqueiro, uma roda.

O alfabeto, as consoantes e as vogais. As duas horas de lição diária transbordavam nas outras restantes. O esforço de Zé era cem por cento. Não sabia se gostava do professor Geraldo porque ele não sabia o que era gostar. Prazer e dor, ele bebia do mesmo rio sem questionar a procedência.

Juntava os sons e o mundo era recriado. Ca + Fé era café. O grão, a bebida eram liberados para entrar no universo do Zé como realidade. Em três meses, não havia placas, luminosos, outdoors, nome de ruas em que o menino não se plantasse à frente, e só se movia quando a informação era decodificada.

Uma tarde, no fim das duas horas diárias, o professor Geraldo exigiu seus honorários. Simplesmente tirou o membro duro de dentro da braguilha, despiu a calça de Zé, untou o membro com creme e o introduziu no ânus do menino. No chão do barraco, Zé não ofereceu nenhuma resistência. Não é era um fato novo para ele. No orfanato, ele e outros menores tinham sido sodomizados pelos internos mais velhos, e mesmo pelos monitores. Zé não tinha consciência da propriedade de seu corpo. Não sentia nenhum prazer através dele.

Depois da saciedade do professor Geraldo, Zé se limpou e saiu para seu lugar nas docas, memorizando a lição. De gramática.

Aos onze anos, através das lições diárias do professor Geraldo, que vez por outra exigia sua paga, Zé lia e escrevia tudo. Pegava um jornal e lia do começo ao fim. Talvez entendesse dez por cento do que lia, ou muito menos.

Uma vez, Zé se recusou a pagar ao professor Geraldo. No final da aula, simplesmente não aquiesceu aos desejos de seu professor. Levantou-se e foi embora.

Por quinze dias perambulou pela cidade. Lia tudo que caísse em sua visão. Com seus trocados andou de bonde e ônibus. Chegou a sentir a água salgada do mar pela primeira vez. Leu jornais e revistas esquecidos na praia. Dava preferência a jornais mais do que a livros. Ele não conseguia seguir as tramas e não entendia o relacionamento humano, embora lesse o livro que lhe caísse nas mãos até o fim. Dormiu em todos os lugares. Afinal de contas, era sua viagem de formando, de pós-graduação.

Voltou. No caminho de terra que dava acesso à várzea, ao campo de futebol, aos botecos e barracos, formava-se uma multidão. No centro, estirado no chão, um corpo mutilado. Era o professor Geraldo. Estava deitado de costas e com os braços abertos como um Cristo Redentor, com as palmas voltadas para cima. Em cada palma, um globo ocular. De sua cabeça, dois buracos negros olhavam o céu. Enfiados na boca, seus órgãos genitais, o membro e o saco escrotal. Sem camisa, a barriga fora rasgada à faca e seus intestinos saíam pela abertura, compondo uma enorme poça de sangue enegrecido ao redor do corpo. Junto a seus pés, um papelão pardo escrito a giz a palavra: ESTUPADOR.

O professor Geraldo fora pego em flagrante seviciando um menino da comunidade. Não que usasse de violência. Ele obtinha seus favores em troca de dinheiro, brinquedos, bicicletas ou patins. Fora justiçado em seguida. Essa ação poderia ter se passado na noite anterior. O sangue esparramado tinha se coagulado.

O choque de Zé fora gramatical. "Estupador", dizia o papelão. Enquanto se afastava do espetáculo, Zé imaginava o professor Geraldo se levantando, sem glóbulos oculares e tudo, e acrescentado um R à palavra, para corrigi-la.

Foi buscar seus cadernos no barraco do professor. Encontrou o bando de justiceiros à sua espera. Eram doze ou quinze. Fizeram um círculo à sua volta e começaram a surrá-lo com socos e pontapés. Um deles abriu um canivete de molas, quando foi interrompido pelo líder.

"Esperem. Afinal de contas, é um menino. Não vamos dar o mesmo castigo de um adulto a um menino. É um verme em crescimento. E vermes não se esfaqueiam ou se matam a tiros. Vermes se esmagam." Dito isso, pegou um tijolo e lhe quebrou na cabeça. Foi dado como morto.

O mesmo papa-defuntos que retirou o corpo do professor levou também o de Zé. Constatado que ainda vivia, foi depositado num hospital.

Quando recobrou a consciência, percebeu que tinha sido costurado em várias partes do corpo. Perdera muito sangue, subnutrido e com o crânio quebrado, as apostas sobre sua sobrevivência entre os enfermeiros eram de oito a dois contra ele.

Decepcionou a maioria e sobreviveu. Quando teve alta, o serviço social lhe deu uma carteira de identidade com o nome José da Silva, contendo uma impressão digital colhida quando ele estava inconsciente e a palavra impressa: Analfabeto. Isso o mortificou mais do que todos os episódios vivenciados.

Depois de alguns dias vagando pela cidade, achou o depósito de lixo e o elegeu como sua casa.

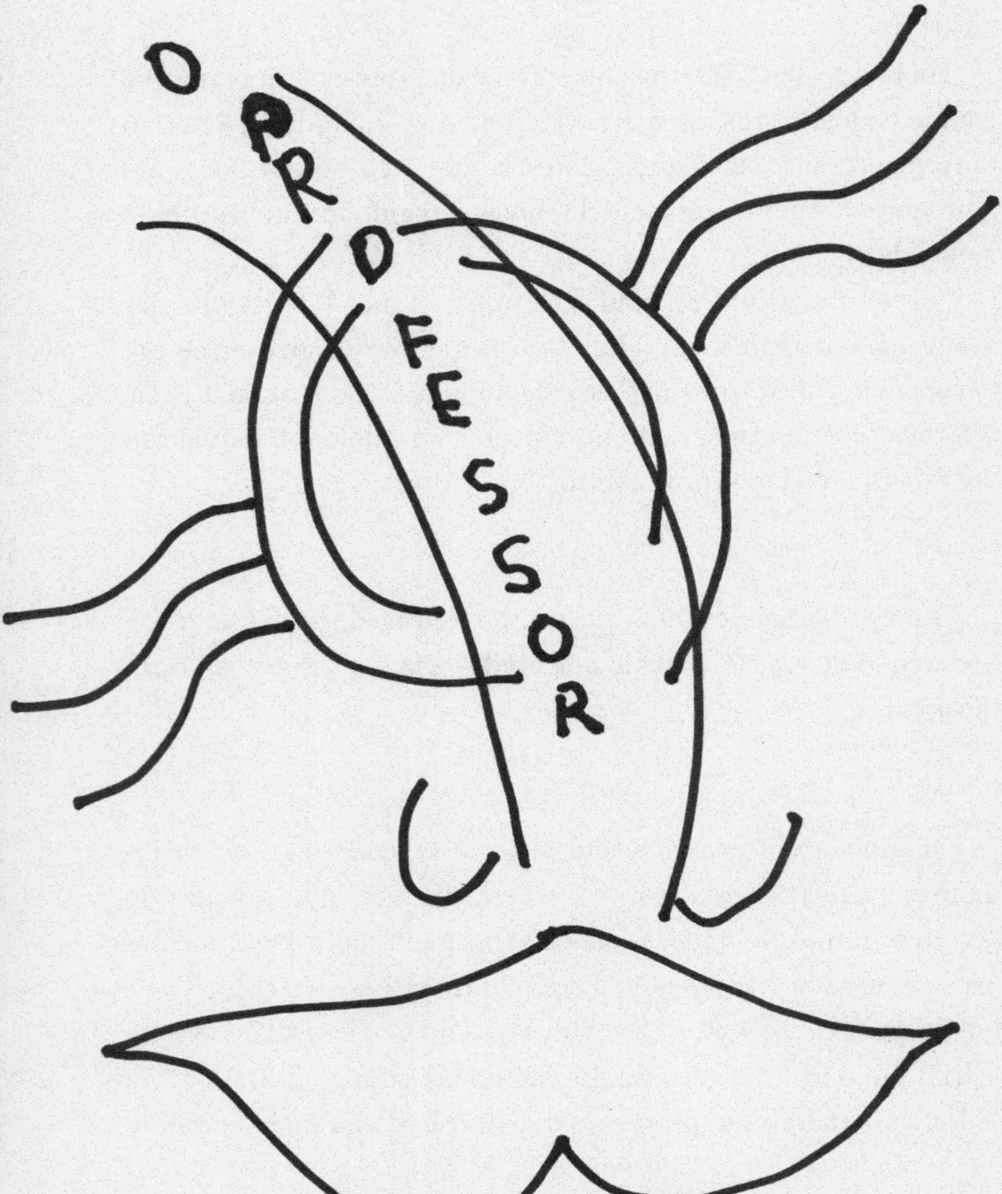

3

Zé da Merda sentiu um torpor envolvendo seu corpo. Um relaxamento e um convite à desistência. Sabia, era só fechar os olhos e não voltaria mais. Céu estrelado de noite de Natal. Quando viu três estrelas se movimentando no céu, lembrou da estória dos reis magos e do menino Jesus contada pelas freiras do orfanato. Eram os três reis magos. Eram três helicópteros. Zé se retesou como um arco. Correndo, dezenas de homens armados vestidos de preto tomaram posições de tiro em pontos diversos do depósito de lixo. Armamento pesado. Metralhadoras e bazucas.

O depósito de lixo era um triângulo desenhado no chão. Em cada ápice, uma área específica. A área nobre, dos metais, oposta à área dos papéis e plásticos, e o monturo orgânico fechando o triângulo. Zé estava na fronteira entre o orgânico e o metal quando a tropa dos homens de preto passou por ele. Zé ficou deitado lá, congelado.

Os helicópteros voluteavam, jogando seus faróis para baixo e procurando o pouso no centro do triângulo. Dois deles eram grandes, transporte de tropas. Eles desceram abrindo suas portas. Do seu interior saíram mais homens armados, que se perfilaram em círculo, enquanto o helicóptero veloz e menor aterrissava. De dentro dele saiu o grande chefe escudado por uma dupla de guarda-costas armados de metralhadoras. Em seguida, desceram dois portadores de malas, um deles carregando duas, algemadas em seus pulsos. O outro carregava uma, maior que as duas anteriores, também algemada no pulso. As malas eram douradas, de metal, e brilhavam à luz dos faróis.

Dois carros pretos camuflados com a noite se aproximaram do círculo, que se abriu para que eles entrassem. Do primeiro carro saiu outra figura de chefe com seus capangas. Do outro, que era um furgão, caixotes foram retirados e empilhados entre os dois chefes. Uma grande transação se efetuava, uma troca.

Tudo aconteceu num átimo de tempo, como se fosse uma queima de fogos de artifício. Os chefes foram varridos a rajadas e caíram como soldadinhos de chumbo. Os helicópteros tentaram subir e explodiram sob o fogo das bazucas. Metralhadoras respondiam em todas as direções.

O centro do triângulo ficava numa pequena elevação. Um depósito de madeira de vinte metros de comprimento por cinco metros de largura e quatro metros de altura e telhas de zinco situava-se a cinco metros dos helicópteros em chamas. Era um depósito clandestino de combustível. Os caminhões da municipalidade, ao descarregar o lixo, descarregavam também metade do tanque de gasolina em tambores. Essa prática diária, em conivência com os gerentes do lixão, era lucrativa. Passados quarenta e cinco dias, centenas de tambores cheios eram vendidos na clandestinidade a postos de gasolina da região. A próxima venda seria efetuada no dia seguinte. Riachos de líquido jorravam do depósito atingido pela fuzilaria e escorriam para os baixios dos monturos.

Os dois portadores das malas douradas corriam esbaforidos na direção de Zé quando foram atingidos por rajadas vindas de trás. Eles caíram a um metro de Zé. Uma imensa explosão abriu uma cratera de dez metros de diâmetro no centro do triângulo, arremetendo tudo pelos ares. Zé agiu rapidamente nessa chuva de fogo. Pegou um facão que sempre levava consigo, cortou os dois pulsos de um dos portadores e o outro do segundo, e esgueirando-se levou as três malas para o monturo orgânico.

Uma montanha de quarenta metros de altura onde sessenta caminhões despejavam o lixo todos os dias. Os dejetos de uma cidade. A acomodação da montanha obedecia ao processo de decomposição do material orgânico. Se a montanha crescia dois metros durante o dia, de noite ela perdia cinquenta centímetros.

Zé herdou do Rato seu esconderijo. A escolha prévia para o lixão era a de um vale profundo. Para o material acumulado atingir a base e formar uma planície, poderia demorar um ano ou até mais. A partir desse momento a montanha começava a se formar. Depois de cinquenta metros de altura o lixão era abandonado. Essa montanha estava alcançando sua senilidade.

Rato morava numa caverna de cinco metros de profundidade no declive do vale. Um dia o lixo chegou à sua porta. Três meses depois cobriu a entrada de sua caverna. Rato descobriu que poderia ser o esconderijo ideal. No início era fácil chegar até lá cavoucando o caminho com a ajuda de dois tubos de borracha que levava ar da superfície e que ele usava como uma espécie de escafrando. À medida que a montanha crescia, esse processo ficava cada vez mais perigoso. Rato alugava a caverna a traficantes. Lugar ideal para esconder a droga. Rato era confiável. Descia e subia trazendo a quantidade exata.

Um dia Rato não subiu mais. Pelo constante deslocamento do lixo, os dois tubos foram bloqueados. Zé da Merda nunca falou uma palavra com Rato. Mas observava tudo. Decidiu ficar com a caverna, mas não com o sistema de tubos móveis de respiração. Cavou um túnel paralelo que, de início, descia como um poço para quebrar em ângulo de quarenta e cinco graus numa outra galeria que estendia-se em diagonal até a parede de fundo da caverna. Existiam dutos respiratórios, mas eram canos fixos na terra.

Zé desceu rapidamente com as malas metálicas até a caverna, subiu e se mandou para as docas. O depósito era um grande incêndio. Bombeiros, polícia, equipes de salvamento atulhavam o local. Investigações. Por semanas, o lixão não seria seguro. Depois que tudo se acalmasse, iria averiguar o conteúdo das malas.

O incêndio demorou três dias para ser debelado. Os jornais noticiaram a causa pela existência de depósitos clandestinos de combustível. Nenhuma linha sobre a descoberta de ferragens retorcidas de helicópteros, corpos calcinados ou armas. Os traficantes deram perda total nessa operação devido à traição de uma das facções. O mês seguinte foi denominado janeiro sangrento por causa de uma guerra entre traficantes. Depois de muitas baixas, a paz foi restabelecida. A guerra é ruim para os negócios.

Após algumas semanas de interdição, o depósito de lixo foi reaberto para uso público. Enquanto Zé da Merda descia para sua caverna, uma pergunta martelava na sua cabeça: Drogas ou dinheiro? Se o conteúdo das malas fosse drogas, pouca coisa ele poderia fazer. Comercializá-la seria impossível. A droga deixa rastros. Zé e sua invisibilidade seriam extinguidos num piscar de olhos. Tateando pelo túnel e precedido pelo facho de luz de sua lanterna, Zé afastou a pedra de entrada. Dentro, num recinto de quatro metros de comprimento por três metros de largura e um metro e meio de altura, Zé andava encurvado. Era um almoxarifado de objetos úteis que ele retirava do lixo. Roupas, óculos, máquinas de escrever e fotográficas, pentes, sapatos, lápis, canetas, botões, relógios, carteiras, pares de tênis, brinquedos, uma infinidade de coisas, meticulosamente arrumadas em pilhas.

O tempo máximo de permanência na caverna era de meia hora. O oxigênio vindo pelos tubos chegava pela metade do normal. Respirar pouco e voltar rápido era tarefa fácil. Mais tempo que o devido, uma sonolência lhe abraçaria o corpo e uma soneca seria abraçar o infinito.

Zé da Merda quebrou o mecanismo de segurança das malas. As algemas com sangue coagulado balançavam em suas alças com a vibração dos golpes de martelo e de formão. A primeira mala, pela contagem apressada de Zé, continha vinte e seis milhões de dólares em notas de cem. Na segunda, vinte e dois milhões de dólares em notas de cem. Na terceira, oito milhões em notas de cinquenta, vinte e dez dólares. Retirou algumas notas de vinte e dez, fechou as malas, pegou um spray vermelho e escreveu em cada uma: Balthazar, ouro. Melquior, mirra. Gaspar, incenso. Presente dos reis magos para o novo Messias. Carregou ainda consigo calção, calça, óculos, tênis e sapatos.

O presente dos reis magos foi uma descarga elétrica na medula de Zé da Merda. Seu ser era uma massa de amalgamar, quanto menos perceptível melhor. Seu programa de sobrevivência era a invisibilidade e a repugnância de seu aspecto. E naquele momento o programa deixou de pulsar e a desistência se instalou na noite de Natal. E de repente, luzes, sons e o presente. Ele nunca se sentira tão vivo como agora. Reação, reação. Zé da Merda sentiu que precisava mudar de casca.

4

Zé da Merda trocou algumas notas de vinte e dez dólares nas docas. Não chamou a atenção. Poderiam ser esmolas de marinheiros generosos. Em todas as trocas recebeu menos que o valor.

Damião, um negro franzino de um metro e meio de altura, era o barbeiro dos pobres da favela oposta ao lixão. Por dois reais ele fazia cabelo e barba. Zé ofereceu dez reais para cortar todos os pelos do corpo. Pagou quinze. Damião teria que comprar álcool para desinfetar seus instrumentos depois da poda. Zé tirou suas roupas. Tirou sua couraça. Barro e imundícies ressecadas protegiam o tecido das calças e camisa, formando uma capa extra de sebo lustroso. Ele nunca trocou de roupa. Nunca se banhou ou as lavou.

O contato da água e do sabão em sua cabeça ardeu. Os tufos de cabelos e barbas raspados pela navalha de Damião pululavam de piolhos. Finda a cabeça, Damião começou a trabalhar no peito e nas costas. Depois raspou os pelos púbicos habitados por hordas de chatos e os pelos das pernas. Tirou os bichos dos pés e cortou as unhas duras como garras com um tesourão. E em seguida as das mãos. Jogou creolina no chão onde cabelos e insetos se misturavam, e deu o restante a Zé, que misturou com água e se lavou.

Ele urrou de dor, rolando pelo chão. O sistema ecológico que regulava a falta de higiene e a convivência harmônica dos insetos fora quebrado. A pele, exposta ao ar pela primeira vez em anos, ardia intensamente, magnetizada pela creolina e pela água. De imediato, feridas e pústulas afloraram, tentando expulsar o veneno a tanto armazenado. Zé vestiu um calção e foi embora, deixando para trás roupas, cabelos e insetos.

O farmacêutico teve compaixão. Em vez de expulsar aquele mendigo de calção e com notas de dinheiro na mão, lhe vendeu pomadas com cortisona, mercúrio-cromo, gazes, esparadrapos, ataduras, algodão, álcool, sabonete, pasta e escova dental. Cobrou o preço devido.

Os habitantes do lixão não reconheceram aquele estranho de cabeça raspada que parecia um fugitivo de penitenciária ou de uma colônia de doentes mentais. Ninguém o importunou. Zé da Merda escolheu um local seco e perto da bica. Todas as manhãs tomava banho com sabonete e aplicava as pomadas nas feridas e os curativos nas pústulas. Repetia o processo à noite. Vestia roupas relativamente limpas de seu enxoval colhido no monturo. Ele até as lavava.

Sua pele reagia, mas Zé tinha um problema. Não conseguia falar. Depois de um longo tempo de mutismo, suas cordas vocais pareciam ter se atrofiado. Ele precisava de ajuda externa. Estava chegando a hora de deixar seu lar, o lixão.

5

Zé da Merda olhava para fora. Enxergava o julgamento alheio, construía relações, paralelos. Percebia que suas roupas não lhe tirava o status de mendigo e, ainda pior, poderia ser confundido com um assaltante. Ele se tornara por demais visível, com cabelo rente e pele massacrada. Comprou roupas nas feiras. Camisa de manga comprida, calça, sapatos de lona, boné e óculos de lentes sem grau. Conseguiu suavizar a fisionomia. Ser comum era agora a sua invisibilidade. Não mais o horror e o odor. Comprou uma mala e botou seus pertences recém-adquiridos.

Escolheu uma pensão na parte mais deteriorada do centro da cidade. Enrolou gaze ao redor do pescoço. Explicou com gestos e alguma escrita que viera do interior para fazer uma operação na garganta para lhe devolver a voz. Pagou um mês adiantado, não lhe pediram identificação. O gerente o conduziu a um quarto com banheiro. Tudo era singular. Uma cama, uma cadeira, uma mesa, um cômodo e uma janela. Desde o orfanato não tinha um teto em cima da cabeça. Abriu a torneira e ficou quinze minutos olhando a água cair na pia.

Voltava ao lixão como se fosse ao banco. No meio da noite e vestido de preto.

As mudanças repentinas pareciam e eram um novo nascimento, com dores de parto. A sarna, os eczemas e os furúnculos regrediam. Antes devorava qualquer lixo alimentar que encontrasse a qualquer momento. Agora comia duas vezes ao dia. Nesse programa, alimentação gerava energia. Todos os moldes de sobrevivência eram outros. Mas o estômago se rebelou como a epiderme. Zé sentia cólicas e era acometido de vômitos e diarreia. Começou a escovar os dentes. Eles protestaram.

6

A ausência da fala punha em xeque toda a estratégia de Zé. Sem comunicação, ele se tornava cada vez mais visível. Mesmo a troca das notas de dez e vinte dólares despertava desconfiança. Precisava consultar médico e dentista. Seu corpo sofria convulsões, dores lancinantes no estômago e nos dentes. Era resistente à dor. Mas, nesse extremo, elas atravessavam sua couraça e o deixava inerte mais do que metade do dia.

Zé foi desovar mais dólares. No refeitório da Marinha mercante, situado no terceiro andar de um dos armazéns da doca. Ele trocava cinco notas de dez dólares quando olhou pelas janelas que davam para o pátio de carregamento de contêineres. Um deles acabara de ser colocado, através de guindaste, na carroceria de um caminhão.

Um carrinho de bebê estava a vinte metros da traseira do caminhão. A mãe o deixara ali e estava conversando com um marinheiro dez passos adiante. Ria. O freio hidráulico do caminhão deve ter sofrido uma pane. Ele começou a se mover para trás. Lentamente e em seguida com mais velocidade. Zé da Merda gritou pela janela:

"Cuidado."

Aquele grito acordou todo o refeitório, como se partindo das entranhas, um grito primevo, como de fato o fora. O caminhão esmagou o carrinho de bebê e parou quando bateu num murro trinta metros mais para baixo.

Caminhava embriagado pelo som de sua voz. Todos os cartazes, ele o lia em voz alta: Companhia Metropolitana de Transportes Coletivos. O sabão que lava mais branco. Restaurante o Frango Dourado. *Correio do Litoral*, o jornal mais lido. O refrigerante que devolve a alegria de viver. Confecções Tesoura Versátil. Apontou para cima. Céu azul. Para baixo. Chão duro. Para o anúncio: Vendem-se imóveis. Como se um fantasma falante tivesse entrado no seu corpo. E continuou falando até o fim da tarde.

"Quer um café?"

"Sim, muito obrigado, com pouco açúcar, por favor."

"Não, não tenho fósforos, eu não fumo."

"Boa tarde, faz um lindo dia, não acha?"

Novo para ele era usar a primeira pessoa do singular. Nunca tinha mencionado eu. Eu era mais um sinônimo do espaço que ocupava, e qualquer intruso seria repelido com grunhidos e ameaças corporais.

Agora a palavra era mediadora. Antes, só a palavra escrita que caía para dentro. Agora era a vez da palavra cuspida para fora. Era um espírito de poder que abria portas.

7

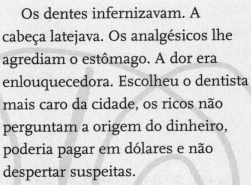

Os dentes infernizavam. A cabeça latejava. Os analgésicos lhe agrediam o estômago. A dor era enlouquecedora. Escolheu o dentista mais caro da cidade, os ricos não perguntam a origem do dinheiro, poderia pagar em dólares e não despertar suspeitas.

Dos dentes de Zé da Merda, só os quatro incisivos superiores e os quatro inferiores mais os dois caninos puderam ser salvos, com a realização de canais em cinco dos dez dentes. O resto, molares e pré-molares eram cacos. Alguns dias depois do exame bucal, radiografias, orçamento e raspagem de gengiva, eles foram retirados em cirurgia de três horas.

O périplo dental de Zé da Merda consistia em: após a cirurgia, em dez dias a remoção das suturas e a colocação da prótese provisória. Após quarenta e cinco dias, colocação de oito implantes no maxilar superior e seis na mandíbula. Mais dez dias, remoção das suturas e fim da primeira parte do tratamento. Custo: dez mil dólares.

O que mais o entusiasmou foi a colocação da prótese provisória. Ele podia abrir a boca e ter um sorriso de cinema, se bem que nunca sorrisse e nunca tivesse ido ao cinema. Não era a estética a preocupação de Zé da Merda. Abrir a boca e mostrar dentes em cacos era uma identificação por demais visível. Dentes normais não chamavam a atenção.

Após seis meses começaria a segunda fase, com novo exame clínico e radiográfico e a abertura da gengiva para exposição dos implantes. Com um cicatrização perfeita, se procederia a moldagem dos implantes, prova da estrutura metálica, seleção da cor e, aleluia, a colocação da cerâmica. Média de tempo da segunda fase: quatro meses. Custo: doze mil dólares.

Zé da Merda consultou um médico comum num consultório comum. Pagou cento e vinte reais pela consulta. Fez exames de sangue, urina, fezes, endoscópico e ultrassom de abdome. Custo: trezentos e sessenta reais.

Milagrosamente, seu organismo reagiu bem às violências de seu modo de vida pretérita. Das possíveis infecções provocadas por ratos, insetos e comida deteriorada, foram constatados nos seus exames: anemia, ameba, ascárides, gastrite. Foi-lhe receitado: vermífugo, antiácido, ferro, vitaminas.

Zé venceu o desconforto físico.

O estômago relaxou e começou a aceitar comida caseira. Comia três refeições no restaurante situado a cinco quadras de sua pensão. O café da manhã consistia em iogurtes com cereais e fibras, frutas, café com leite, torradas e mel. Almoço e jantar: saladas, arroz integral, carnes brancas, de galinha ou peixe. Só tomava água. Zé da Merda não sentia o prazer do paladar. Zé da Merda não sentia prazer. Era uma operação militar que ele cumpria à risca. O corpo demonstrou seu agradecimento. As manchas da pele e as dores em geral começaram a sumir. O cabelo se tornou mais sedoso.

8

A troca de dólares era uma apreensão constante para Zé da Merda. Esse processo repetitivo atraía a atenção. A ideia lhe veio ao andar pelo centro da cidade entre os camelôs. Parou diante de um e olhou a mercadoria, que se resumia a uma mala-mostruário aberta sobre um suporte de armar contendo relógios. Preço: dez reais a unidade, procedência asiática imitando marcas famosas. Propôs a compra da mercadoria e mais uma quantia em troca de informações. O camelô lhe vendeu os relógios a preço de varejo e mais quinhentos reais. Deu o nome e o endereço do fornecedor. O relógio que ele vendia a dez reais custava três reais num lote mínimo de mil. Do lucro de sete, três reais eram separados para pagar o fiscal, uma espécie de xerife que intermediava com a polícia uma proteção para seus favorecidos. Quatro reais era o lucro.

Era uma excelente fachada para justificar a troca de dólares. Trabalhando perto do cais, com um enorme afluxo de marinheiros estrangeiros, o dólar circulava mais do que o real.

Pela primeira vez, Zé da Merda trabalhava com outros seres humanos. A rede de mercadorias fluía de um fornecedor único. Zé da Merda sabia que uma fachada só funcionaria se fosse real. Ele fazia parte de um time de camelôs que trabalhavam dependentes da mercadoria do fornecedor. Existia uma vigilância competitiva entre eles. Isso servia aos propósitos de Zé da Merda. Pertencer a um grupo era uma forma de se tornar comum.

Zé tinha um rosto pétreo, desprovido de emoções. Não bajulava o comprador. Com esse distanciamento despertava confiança. E vendia. Em dez dias comprou do fornecedor o segundo milheiro de relógios.

Em seis meses Zé tivera lucro. Seus rendimentos ultrapassaram o investimento. Diversificou. Brinquedos, quinquilharias eletrônicas, bolsas e roupas de grife fajutas. Contratou três ajudantes, aumentando seus pontos de venda. Sua contabilidade era rígida e inspirava receio em seus empregados. Nunca houve desvio de mercadoria ou dinheiro.

É muito fácil comprar carteira de identidade e comprovante de imposto de renda falsos. Por um pouco mais de dinheiro, eles eram inseridos nos programas de computadores do governo. Não resistem a uma investigação profunda. Mas foi o suficiente para Zé abrir uma conta bancária.

Zé comprou um carro e uma carta de habilitação. Um utilitário de dez anos de existência, verde-musgo esmaecido. Pagou a um camelô para lhe ensinar a dirigir. Precisava desse veículo para seu saque final.

O aterro sanitário ou lixão compreendia uma área de quilômetros, com uma população de dois mil habitantes. O sustento e a ocupação básica vinham através do lixo. Crianças e adultos sujeitos a um leque de doenças e infecções. Nuvens de moscas, ratos, cabras, bodes, toda uma fauna se locomovia em cima dessa cidade feita de lixo.

Os caminhões despejavam seu conteúdo num local acima da caverna de Zé. Em sua última visita, ele percebeu rachaduras na rocha do teto. A operação foi rápida, no meio da noite. Retirou as três malas metálicas e as colocou no interior de seu carro. Voltou-se para olhar mais uma vez para o lixão. De seus olhos não transpareciam nada.

Alugou a pensão inteira. Não foi difícil se livrar dos poucos inquilinos. Pagou ao proprietário o aluguel adiantado de um ano. Realizou reformas básicas. Pintou toda a casa, trocou o encanamento e construiu no piso do porão uma caixa de cimento para acondicionar as caixas metálicas.

9

Dois anos depois do presente dos reis magos. Zé da Merda era um Zé comum, com boa saúde, dentes perfeitos, falava com correção e possuía um trabalho de rendimentos.

Não sentia prazer ou desprazer. Não sentia nada em não sentir prazer ou desprazer. Tinha uma disciplina férrea, ao se alimentar, ao se limpar, ao trabalhar. Não tinha televisão. Mas lia jornais. Sem compreender. Apenas pelas palavras. Chegou o momento da tradução, da chave, da decodificação. Todas as ações de Zé convergiam para este momento que se iniciava: o da compreensão.

Ele não tinha sensação de conforto ou desconforto. Esse novo Zé da Merda barbeado, saudável, com roupas limpas, não fazia grande diferença do Zé-bicho do monturo de lixo. É mais fácil falar do que ele tinha ou possuía que significasse âncora. Só uma preocupação, um objetivo, único e básico. Além disso, era um espartano que via todas as coisas em branco e preto.

Ele era uma sombra e, como tal, fazia incursões ao prédio decadente da Faculdade de Filosofia a dez quadras de sua pensão, misturando-se aos alunos, observando. Depois de alguns meses, ele elegeu dois estudantes. Eles eram debochados, cínicos, não acreditavam na ordem estabelecida, qualquer que fosse ela. Não se empenhavam no sucesso nem na carreira. Eram os mais inteligentes e cultos e precisavam de dinheiro.

10

O prédio da Faculdade de Filosofia era um casarão estilo art nouveau no meio de jardins em frente a uma elegante avenida arborizada. Isso no começo do século. A cidade cresceu, os jardins desapareceram, engolidos pelo alargamento da avenida, e a zona se deteriorou. A elegância ficou na memória. O prédio necessitava de restauro, mas como a Faculdade de Filosofia seria a última a ser mudada para a cidade universitária e todas as outras já tinham sido, ninguém se preocupou com a reforma do prédio. O grêmio universitário situava-se nos porões da faculdade.

Hoje é o dia das eleições para a presidência e diretoria da entidade. Três chapas disputam o cargo, duas estão empatadas na preferência dos estudantes: Luta, de tendência marxista e Verde, de militância ecológica. A terceira chapa era denominada O Ser e o Nada. Seu programa advogava um existencialismo anarquista e um pansexualismo libertário. O Ser e o Nada era antagonizada pela Luta e pelo Verde. Acusada de alienada, eivada de desviacionismos burgueses e a reboque de interesses globalizantes. Seus dois integrantes foram hostilizados, nos comícios, com tapas, ovos e tomates. Pedro Mattoso foi batizado de "o Ser" e Nelson Aquiles de "o Nada".

Apesar dos julgamentos dos colegas, Pedro e Nelson eram os alunos mais brilhantes da faculdade.

Pedro e Nelson tomavam chopes no bar em frente à faculdade, comemorando o grande sucesso nas eleições. Conseguiram doze votos contra novecentos e dezenove da chapa vencedora, Verde, e setecentos e setenta e oito da segunda colocada, Luta. Eles não acreditavam em chegar a uma dezena de votos. Creditaram sua vitória ao eleitorado feminino. Cada voto um chope. Depois da recontagem etílica, Nelson estava absolutamente bêbado e aceitou uma carona, para sua casa, de uma universitária morena de sorriso malicioso.

Pedro era mais resistente ao álcool e continuou bebendo. Um estranho se aproximou e perguntou:

"Posso sentar?"

Pedro apontou a cadeira vaga de Nelson e ficou olhando a fisionomia marmórea do estranho sentado à sua frente e que não dizia nada. Quebrando o silêncio perguntou:

"O que o senhor quer?"

"Conhecimento. Aulas. Aulas de tudo. História, geografia, filosofia, artes, tudo."

"Quem dá aulas de tudo é este imponente prédio caindo aos pedaços à sua frente, chamado de Faculdade de Filosofia. É só fazer o vestibular."

"Sr. Pedro, o senhor não me entendeu. O escolhido foi o senhor. Frequentei essa faculdade durante um ano, quase todos os dias, observando os alunos. O senhor e seu colega Nelson são os mais brilhantes, mais inteligentes, de mentalidade mais aberta. Posso lhe pagar muito bem."

"Ou o senhor é policial ou está me gozando. Qual dos dois?"

"O senhor sabe que isso não é verdade. Como reconhecimento de que falo a verdade, quero que aceite este presente".

E deu a Pedro um embrulho pesado. Pedro abriu e eram livros: *A era das revoluções*, de Eric Hobsbawm; três volumes das *Obras completas* de Jorge Luis Borges; Os contos de Maldoror, de Lautréamont; *A mulher que confundiu seu marido com um chapéu*, de Oliver Sacks; um livro de poesias de William Carlos Williams; e a primeira edição de *Corpo de Baile*, de Guimarães Rosa. Eram os mesmos livros que Pedro escolhera na livraria no dia anterior, e que esta recusou o parcelamento do pagamento, impossibilitando a compra.

"O senhor é um canalha. Quem lhe deu o direito de me seguir? Enfia estes livros no cu. Quem você pensa que é?"

"Alguém que pode lhe pagar muito bem. Sessenta dólares a aula. Cinco horas de aulas por dia dão trezentos dólares. Cinco dias por semana somam mil e quinhentos dólares. Mais do que seis mil dólares por mês. Conta irrestrita para comprar livros."

"Isso deve ser uma gozação dos idiotas da Luta ou do Verde. Escute, seu rato, quero dez mil dólares por mês."

"Que seja. Mas isso não é uma brincadeira sr. Pedro. Quando chegar em casa, vai encontrar mil dólares e meu endereço debaixo de seu travesseiro. Se aceitar, esteja em minha casa amanhã às oito horas da manhã. Se não aceitar, gaste o dinheiro como quiser."

Levantou-se e foi embora. Pedro ficou gelado. Algo na fisionomia daquele homem emitia uma verdade. Recolheu os livros jogados no chão e pediu a conta. Já estava paga.

Sete horas e cinquenta e cinco minutos e a campainha tocou. Zé da Merda abre e conduz Pedro para um quarto transformado em escritório. Uma mesa grande e duas cadeiras nas quais os dois se sentam.

"Olhe, eu não sei de seus planos. Para mim você é um marginal perigoso. Se você invadiu minha casa para deixar aquele envelope com dinheiro, deve ter rastreado toda minha vida. De meus pais e de minha irmã de nove anos. Se eu não der aulas eu morro, certo?"

Pedro suava em bicas.

"Errado. É uma questão profissional e impessoal. Você tem aquilo de que preciso. Estou te pagando em troca desse serviço. Se não quiser, é só levantar e ir embora."

Pedro relaxou e voltou a tratar seu empregador de senhor.

"O que o senhor quer saber?"

"Tudo. Eu não sei nada. Só sei ler e escrever. Quero saber por que existo, de onde vim, para onde irei, qual é minha história, o que sou eu, o que é o eu, o que é o mundo, o que é um país, qual é a chave que abre todos os significados."

"A chave é a cultura. Mesmo assim, com todo o conhecimento do mundo, a maioria de suas perguntas não vai ser respondida. A cultura é uma reflexão, não uma solução. É o que nos diferencia dos chipanzés. Cultura é sobrevivência. Informação. Os genes incorporaram esse dado para sobreviver. Herdamos uma enciclopédia ao nascermos. A chave para vencer todos os desafios. Cultura, civilização. É isso que o senhor quer, é isso que terá."

No dia seguinte Pedro trouxe livros, muitos livros, abrangendo a história do universo, do mundo, da humanidade. Livros com muitas ilustrações e outros sem nenhuma. Trouxe vídeos e DVDs, tendo o cuidado de comprar o equipamento necessário. Pedro tinha carta branca.

"A história de tudo começa com o nada. Um nada tão profundo que desafia a compreensão humana. Não existia matéria, nem radiação. Não existia tempo e espaço. Do nada surgiu um minúsculo ponto de luz muito quente. Todo o espaço estava contido nessa bola de fogo. Com o nascimento do espaço nasceu o tempo. O relógio cósmico começou a funcionar há treze bilhões de anos. A esfera de fogo do tamanho de uma bola de pingue-pongue foi nosso pai e nossa mãe. A energia estava tão concentrada que a matéria brotou espontaneamente, formando estrelas, planetas e galáxias. A bola de pingue-pongue começou a se expandir em todos os lugares. No primeiro milionésimo de segundo, expandiu bilhões de vezes seu tamanho. No primeiro segundo, tudo se configurou. Essa explosão da criação do universo chamou-se Big Bang. Nesse segundo, os prótons, nêutrons, elétrons e neutrinos estavam em seus lugares. Trezentos bilhões de anos depois, no limiar da juventude do universo, surgia a Via Láctea. E a quatro bilhões e seiscentos milhões de anos mais tarde, nessa galáxia nascia uma estrela comum, o Sol. Que beijou e copulou com a Terra, que, prenhe, deu nascimento aos céus, as terras e a Albert Einstein.

"O senhor deve se comportar como uma esponja, sr. José. Não é possível compreender por vias racionais o surgimento da vida. Navegamos em hipóteses. Nossa civilização atual é baseada no racional e no que pode ser demonstrado, ou seja, no conhecimento empírico. Mas atinge-se um ponto em que depois de construído o castelo, tijolo após tijolo, chega o momento de destruí-lo. Construção e Destruição são partes do conceito de criação. O próprio conceito de tempo é relativo. Segundo a cosmogonia hindu, o universo nasce, vive e morre num piscar de olhos de Brahma. Pergunte o que quiser, mas não se preocupe em guardar o conhecimento. O conhecimento, como aquela bola de fogo do tamanho de um ovo de pomba, é energia. E energia é volátil e se transforma sempre. Não se pode conter energia, nem conhecimento. Muitas mitologias explicaram o começo do tempo e espaço com o início da voz de um deus. Fiat lux nasceu de um imperativo vocal. Para apreender o nada, é melhor uma inspiração artística, mítica ou religiosa do que científica. O senhor me paga para lhe dar conhecimentos. Esteja sempre alerta sobre a relatividade deles."

Por semanas, Zé da Merda navegou pelas teorias do Big Bang, do telescópio espacial *Hubble*, pelas formações e químicas dos gases, pela expansão e contração do universo, até cair com os pés na Terra. Ele associou a bola de luz que expandiu em universos às três bolas de luz, num Natal distante, que se transformaram em helicópteros e dólares.

Pedro incorporou Nelson como seu auxiliar didático. Assim, o amigo poderia receber as mesmas benesses que ele.

Heráclito, aquele que pisa no rio, só pisa uma vez, mas também tem o eterno retorno, enquanto Empédocles afirmava que tudo são átomos, ele pulou no vulcão, e Pitágoras não comia favas, não comia feijão, a filosofia nascia no Mediterrâneo, eu sei onde fica o Mediterrâneo, sei onde fica cada país do mundo, até sei as capitais e as histórias desses países, ah eu sei, conheço a história de Aton, do monoteísmo, Moisés, Jesus e Maomé, conheço Platão e Sócrates, Aristóteles e Agostinho, sei o que é um pensamento cartesiano, a graça de Pascal, as mônadas de Leibniz, sei da angústia de Kierkegaard e da dialética de Hegel, eu sei, eu sei, eu sei, eu sei, eu sei, eu sei que Nietzsche não gostava de Sócrates e do patriarcalismo, ele gostava dos abismos do ser, eu sei, eu sei, dos governos teocráticos, dos monarcas absolutistas e da Revolução Francesa e Americana, conheci Napoleão, sei o que é democracia, sei do colonialismo das grandes potências, sei da economia, de Stuart Mills a Marx e Engels, eu li *O capital*, resultando na Revolução Bolchevique, sei da queda do murro de Berlim, sei de química, biologia, matemática, sei da viagem de Darwin no navio *Beagle* e da evolução das espécies, eu sei conectar, eu sei das divisões políticas, dos partidos, dos ideais e das corrupções e do poder do capital que tudo pode comprar, eu sei da arte, de Michelangelo, das estátuas gregas, de Leonardo da Vinci e sua *Gioconda*, de Goya, de Van Gogh, de Marcel Duchamp e da pop arte norte-americana, eu sei dos poetas e escritores, de Homero, Virgílio, Villon, Shakespeare, Cervantes, Dante Alighieri, Camões, Molière, Victor Hugo, Dostoiévski, Kafka e Faulkner, eu sei do Brasil, toda a história, todos os nomes e todas as ações, eu sei, eu sei, eu sei, porque cataloguei tudo na minha mente, tenho as chaves para compreender o que eu leio, eu tenho tudo.

Mas nem tudo deu certo no aprendizado que eles desenharam para Zé da Merda. Eles selecionaram dezenas de filmes para ele assistir, desde Charles Chaplin, Harold Lloyd, Buster Keaton, *Nosferatu*, *O encouraçado Potemkin*, filmes de Fellini, De Sica, Pasolini, *O cidadão Kane*, *Crepúsculo dos deuses*, *O sindicato de ladrões*, *... E o vento levou*, *Totò*, *O pagador de promessas*, Glauber Rocha, Kurosawa, Antonioni, Bergman, Tarantino e muitos outros. Seus comentários eram sempre o movimento histórico que resultara nesses filmes, mas nunca mostrou empatia em relação aos personagens. Música foi a mesma coisa. Bach, Beethoven, Wagner, Stravinsky, Villa-Lobos,

Pixinguinha, bossa nova, Caetano Veloso, Gilberto Gil, Jorge Mautner, Luiz Melodia, Arnaldo Antunes, Jorge Ben Jor, Zeca Pagodinho, toda a história do blues ao rock, tudo, tudo era a mesma coisa, o sentido histórico permeando a sensibilidade da música, sensibilidade essa que ele só conhecia pelo nome. Em artes plásticas, a mesma coisa. Mas em filosofia e história ele era certeiro. Mas o que mais os deixavam embasbacados era a sua memória extraordinária. Ele recitava Skakespeare de fio a pavio, todas as falas de Hamlet, Macbeth e Marco Antonio.

Um dia eles lhe mostraram o filme *Rain Man*, com Tom Cruise e Dustin Hoffman no papel de autista. Seu único comentário foi: Contar os fósforos de uma caixa caída é a coisa mais fácil do mundo. Nelson e Pedro chegaram à conclusão de que ele era um autista savant.

Um dia Pedro contou a piada do amigo da onça para ele. É uma piada dos anos 1930.

Dois amigos se encontram e um deles avisa que vai caçar onças. Eu comprei esta carabina de dois tiros e, quando a onça se aproximar, eu aperto o gatilho e mato a onça. O outro amigo retrucou: E se essa primeira bala der chabu. Ora, respondeu, aperto o gatilho para o outro cartucho. O outro amigo: E se esse também falhar? Responde: Eu jogo a espingarda de lado, tiro o meu revólver Smith & Wesson e descarrego na onça. O outro amigo: E se você se esqueceu de colocar balas no revólver? Responde: Daí eu tiro meu facão e mato a onça a facadas. O outro amigo: E se você esqueceu o facão? Daí o amigo caçador não aguentou mais e gritou: VOCÊ É MEU AMIGO OU AMIGO DA ONÇA?

Os dois morreram de rir, e Zé da Merda ficou impassível. Eles contaram muitas piadas, e Zé da Merda, sempre impassível, comentou: Eu não entendi nada.

11

Eram estes os pensamentos de Zé da Merda na festa de fim de ano de seu sócio, O Proprietário. Possuía uma pequena mas lucrativa parcela do bolo. O Proprietário dominava todos os negócios escusos, ilegais e até legais que passam pelas docas do porto e se infiltram nas cidades como tentáculos de um polvo.

Como pode um chefe de quadrilha, dos mais poderosos da América, com todas as conexões dos países vizinhos e distantes, ter como sócio um pé-rapado que começara a vida como mascate?

Pela incrível disciplina, contábil, organizativa e pétrea que Zé da Merda impôs na organização. Não existiam mais desvios de verbas ou brigas de facções tão comuns em guerras de quadrilhas tentando invadir terrenos alheios. Através da férrea espinha dorsal que Zé da Merda impusera, todos lucravam. Disciplina imposta em que, quando quebrada, o infrator era punido com eliminação física. Vaidade e ambição eram caminhos certos para a morte. E estranho. Quando todos sabem seus papéis e o script é nítido e claro e a hierarquia mantida, os lucros duplicam e a lealdade também. Zé da Merda criou um corpo de advogados que legalizava a escabrosidade do ilegal, criou uma rede de beneficência para a população carente através de parte do lucro da organização, criou contribuições para políticos e partidos políticos locais. Não que essas ações tenham glamorizado a aura dos chefetes, mas, ao menos, angariaram um misto de simpatia e respeitabilidade, e milagre, os chefes se comportavam dentro de uma moralidade estrita e se vangloriavam disso. A família deles ocupou um lugar de destaque, e seus filhos começaram a frequentar escolas de elite, e até a aulas de etiqueta e educação os chefes se submeteram. A blindagem foi total.

Zé da Merda regia à organização como Stálin ao seu politburo, ou Santo Inácio de Loyola aos jesuítas. O Proprietário sabia não existir ambição pelo poder por parte de seu organizador. E estava certo. Para Zé da Merda era apenas um degrau, uma passagem; como tudo na vida, para ele, era degrau e passagem.

Festa de fim de ano. Diferente da festa de Natal, que era a do beija-mão. Como O Proprietário era um "capo" na melhor tradição napolitana, quase como Don Corleone no filme de Coppola, ele recebia em sua sala, sentado em sua poltrona, em volta seus subordinados, mulheres e filhos, troca de presentes, atmosfera solene e pomposa. Lauto jantar, e tudo estaria acabado antes da meia-noite.

Esse ritual existia antes de Zé da Merda. Só que o índice de substituições dos subchefes era superior a cinquenta por cento, um grande desperdício de vidas, a ganância pelo poder incluía guerras de territórios, traições, trocas rápidas de cumplicidades, tudo isso acarretando pesadas baixas entre os soldados, seguidas da eliminação física dos revoltosos pela Força Especial do Proprietário. Essas desavenças comiam um terço dos lucros.

Depois da chegada de Zé da Merda, o gráfico caiu para menos de dez por cento. O Proprietário era grato a ele, mas como a maior gratidão sucumbe a qualquer paranoia, Zé da Merda construiu um dossiê sobre a organização, detalhando as operações dos envolvidos e incluindo os nomes de centenas de magistrados, policiais e políticos. Deixou bem claro que, em caso de acidente mortal ou mesmo doença, ou desaparecimento por mais de setenta e duas horas, esse dossiê viria a conhecimento público. Melhor seguro de vida impossível. Sem ele saber, tinha seguranças do Proprietário como seus anjos da guarda, e ele era obrigado a fazer exames médicos uma vez por mês.

Sem família. Sem esposas. As mulheres eram supridas pelo Proprietário. As melhores profissionais da cidade. Com um ingrediente extra. Meninas virgens de nove a doze anos. Isso custava muito caro. Primeiro, selecionar as meninas das famílias mais pobres, negociar os preços com os pais, além da promessa de bolsas de estudos, ajuda financeira e cestas básicas por tempo indeterminado.

O bacanal. As profissionais iniciavam o ritual excitando os convivas com todas as técnicas e fazendo o possível para eles não chegarem ao orgasmo. No momento preciso, as virgens entravam teatralmente, vestidas apenas com guirlandas de flores, e todos a essa altura estavam sem roupas, menos Zé da Merda, que se mantinha distante, quase invisível.

E começou o estupro das virgens. Às vezes era um para uma, outras vezes dois, não mais. Muito choro e muita apatia, porque as moças eram sedadas ligeiramente. Havia até um médico com autoridade para prevenir abusos tanto de sadismos, na forma de agressões advindas da frustração de não poder realizar o ato, quanto o de penetrações repetidas, e também para evitar ou estancar hemorragias. Outro quesito obrigatório era o de todos os participantes e contratadas apresentarem um exame de HIV, realizado quinze dias antes da festa.

Zé da Merda apenas observava. Na sua invisibilidade ele apenas observava. Ele se identificava, ou melhor dizendo, seu programa de invisibilidade se identificava com os conceitos do budismo, do dharma e do carma. O dharma era seu dever de cumprir as tarefas da maneira mais impessoal e precisa possível. Zé da Merda nunca se identificava com tarefas ou homens. Só com conceitos. E o carma advinha do dharma, porque sem identificações, sem envolvimentos, sem julgamentos = sem carma.

Zé da Merda se lembrou do Novo Testamento quando Jesus diz: "Ai daqueles que mexem um dedo contra as crianças, melhor seria para eles amarrarem em torno de si uma pedra e se jogarem no mar". Ele se lembrava de alguma coisa assim. E na sua frente ele via as crianças sendo maltratadas e estupradas, e ele não omitia julgamentos. Se os omitisse, seria o pressuposto de que ele teria virtudes em contraposição a vícios. Ao menos que sentisse aprovação ou reprovação. Ele não sentia nada. Apenas achava que as pessoas adquiriam um grande carma muito difícil de ser resgatado.

Uma jovem morena de cabelos longos e escorridos, uma revelação de nudez, se aproximou, profissionalmente, de Zé da Merda, lhe desabotoou a braguilha da calça, retirou seu pau e começou a chupá-lo metodicamente. Zé da Merda não sente prazer, mas muitas vezes ele acorda com o lençol manchado de esperma. O seu corpo funciona e é saudável, mas ele não se conecta ao prazer. Ele ejaculou, ou melhor, seu órgão genital ejaculou dentro da boca da moça, que engoliu seu sêmen. O pau continuou duro. A moça lhe retirou a calça e a cueca, introduziu o pau dentro de sua vagina e começou a cavalgá-lo. Eles são iguais em muitos aspectos. Ela é uma profissional e seu prazer consiste em sua performance e não no seu gozo. No realizar, não no usufruir. Ela não tem obrigação de se conectar com seus clientes, e Zé da Merda não tem conexão com ninguém, mas não por escolha. Depois de vários movimentos de seu quadril, para a frente e para trás, e rotatórios, apertando a boceta contra o pau de Zé da Merda, ele ejaculou pela segunda vez. Ela então se levantou e foi se lavar. Zé da Merda vestiu as calças e foi embora. Nada aconteceu.

12

Nelson e Pedro, os professores, mais Zé da Merda subiram a serra para ver a grande exposição de Picasso. Foram no carro de Zé da Merda, com motorista. Durante dois anos eles ensinaram a Zé da Merda tudo que sabiam. Zé da Merda era uma esponja e um grande classificador. Tinha memória absoluta, próxima ou igual a dos autistas. Mesmo porque não existia nenhum desviacionismo entre o fato apreendido com emoções ou julgamentos morais, dos quais Zé da Merda não tinha nenhum. Nesse tempo, ele tinha digerido filosofia, artes, ciências, história, política, uma enciclopédia ambulante. Dormia três horas por noite, nas restantes vinte e uma horas, geria seus negócios e conhecimentos. Sua disciplina não perdia para a de Esparta.

Percorreram todas as alas do museu. Deglutiram tudo. Desde as primeiras pinturas, ainda adolescente, o período azul, rosa, o retrato de Gertrude Stein, o cubismo, a reprodução de Guernica em tamanho natural, a pintura original não viaja, esculturas, pratos, e depois de três horas, eles se voltam para a obra-prima.

Nelson fala:

"Esta tela é a *Les Demoiselles d'Avignon*. A maior ruptura nas artes desde Giotto. Foi a obra do século xx que descortinou tudo. A bomba. Pintada logo em seguida da Teoria da Relatividade de Einstein. $E = mc^2$, energia igual à massa vezes a velocidade da luz ao quadrado. Dois gênios construindo a gênese, a regênese, a regeneração do mundo."

Nelson em êxtase continuava falando: "Depois deste quadro tudo é permitido. É mil vezes mais significativo que *A fonte*, o urinol de Duchamp. Veja a coloração em matizes de rosa até explodir num vermelho-escuro como uma abertura de leque cromático desta cor".

"Onde está o vermelho?", perguntou Zé da Merda.

Nelson e Pedro não entenderam a pergunta. Pedro respondeu:

"Perto do azul."

"E onde está o azul? E o que é azul?", outra pergunta de Zé da Merda.

Eles ficaram atônitos. Pedro olhou para Nelson sem compreender e perguntou para o sr. José:

"Que cores o senhor vê?"

"Uma variação de cinza vindas do negro e do branco", respondeu.

Zé da Merda via o mundo em branco e preto.

Durante esses dois anos Zé da Merda se manteve muito ocupado. No primeiro, absorveu tudo que Nelson e Pedro pudessem lhe oferecer. Tudo. Viu centenas de filmes em DVD, leu centenas de livros. Escrevia e se comunicava muitíssimo bem. Completou o ensino fundamental e médio e entrou na Faculdade de Direito entre os cinco primeiros. Por ser uma faculdade mais flexível em relação à frequência, muitos alunos eram de outras cidades e faziam o curso por correspondência. Zé da Merda completou o curso em três semestres. Não que ele tenha comprado ou facilitado seu diploma através de propinas, ele leu, estudou direito civil, constitucional, romano, penal, processo civil, medicina legal e filosofia do direito. Realizou todas as provas cabíveis com méritos. Recebeu o diploma na festa de formatura.

Dr. José de Almeida Silva, também conhecido como Zé da Merda. Se fosse preso, não seria encarcerado em cela comum. Pessoas presentes em sua formatura: Pedro, Nelson e três seguranças.

13

Dr. José de Almeida Silva ou Zé da Merda deu de cara com um dilema. Estava crescendo muito. Os negócios com O Proprietário aumentaram em espirais vertiginosas. O Proprietário, dono das docas, recebia e distribuía diversos tipos de mercadorias. Drogas que se escondiam em fundos falsos de mobiliários, pranchas de surfe, brinquedos, estatuetas, sapatos etc. eram repassadas para o crime organizado. Esse pacto era a salvaguarda total do Proprietário, porque essa organização possuía em suas mãos oitenta por cento da polícia e outra metade dos políticos, e sob sua asa ele nunca seria incomodado. Contrabando de aparelhos eletrônicos e informáticos era a grande fatia do Proprietário.

Pequenas bugigangas eletrônicas ou não, roupas, pentes, enfeites, fitas de CDS, DVDS, brinquedos, tudo que não ultrapassasse um dólar a unidade, tudo que fosse construído por mãos escravas, Made in China ou Bangladesh, era controlado por Zé da Merda, que repassava para seu exército de dez mil camelôs. Seu lucro chegava a cem mil dólares mensais, um milhão de dólares líquidos anuais.

Sua ascensão foi meteórica, atraía as atenções e ambições veladas de outros elementos da organização. Zé da Merda se tornou visível por demais. O peso era excessivo para a viga mestra segurar o telhado. Uma decisão se fazia urgente.

Esqueça aquela pensão no bairro miserável. Agora Zé da Merda possuía uma casa grande — na realidade um bunker — cercada de murros altos, câmeras de vigilância e seguranças, localizada num bairro ascendente. Com piscina de vinte e cinco metros e dois cachorros de guarda que lhe demonstravam amor incondicional, não correspondido. Zé da Merda nadava com instrutor, das cinco às seis da manhã, e começava seu dia em sua biblioteca climatizada, conferindo dados em seu computador sobre a mobilização diária da organização. Seu bem mais precioso era sua biblioteca, o resto da casa mantinha a estética de sobriedade franciscana. Na sala apenas um sofá e duas cadeiras. No quarto, uma cama, mais duas cadeiras e uma boa luminária para ler. A cozinha era equipada normalmente. E seu bem mais precioso, as três malas de dólares, repousava num esconderijo no subsolo. Dólares ctônicos como Zé da Merda.

O Proprietário enlouqueceu. Não que ele ficou fora de si. Mas começou a pensar que ele era Júlio César, Aníbal ou Napoleão. A síndrome da invencibilidade, do poder total. No começo, os sintomas eram fracos, mas Zé da Merda percebeu. Transpareceram com atos de negligências, crueldades, condescendências. A quadrilha é uma matilha. Quando o líder fraqueja, ele é devorado. Zé da Merda propôs a venda de seu ponto para o chefe, com uma grande parcela de perda. Ele desconfiou e não aceitou. Zé da Merda ainda estava coberto pela existência de seus dossiês, mas não por muito tempo, porque mesmo com a alternância de poder ele continuaria a ser uma enciclopédia ambulante da corrupção.

Zé da Merda tinha informantes infiltrados nas gangues. Soube que o golpe estava marcado para a próxima semana. Consistia na invasão do bunker do secretário-executivo da Organização. Depois da eliminação de Zé da Merda, seria muito fácil a manipulação do Proprietário. Um fantoche inofensivo.

Não subestimem o dr. José de Almeida Silva. Como é de conhecimento, sua parte no contrabando geral era a de quinquilharias de valor menor de um dólar. Ele não só as distribuía em Santos, como sua rede abarcava São Paulo e todos os estados do país. Ele duplicara sua fortuna inicial várias vezes. Frotas de caminhões com mercadoria subiam a serra para São Paulo todas as semanas. Algumas vezes, Zé ia junto. Ele levava malas com dólares. Prosaicamente, Zé da Merda guardou sua fortuna de milhões em armários de aluguel em rodoviárias e aeroportos.

Um dia antes do golpe, Zé da Merda comprou um corpo com complexão e altura igual ao seu. Pagou uma nota ao funcionário corrupto do IML. O cadáver foi colocado em sua cama e encharcado de gasolina. Em seguida, Zé recheou sua casa com dinamite e mais galões de gasolina. No dia D, ele estava no telhado da casa vizinha com vários detonadores de longa distância.

Depois de responder à artilharia dos invasores, e sem liderança, percebendo a inutilidade da resistência, os três guarda-costas de Zé da Merda fugiram. Houve invasão de dezenas de homens armados em seu bunker. Zé acionou os detonadores. Foi um belo espetáculo pirotécnico. A casa explodiu em show de luzes, ceifando nove invasores.

Os novos chefes desconfiaram da trama. O cadáver carbonizado no quarto sugeria a morte de Zé da Merda, mas a quantia irrisória de sua conta bancária não convencia. Seu testamento, doando sua casa para um albergue de freiras, com todo seu conteúdo, agora nulo, parecia piada para os chefes. Olheiros atentos em todos os lugares à procura do dr. José de Almeida Silva.

Zé não foi para São Paulo. Foi para a Bolívia fazer uma operação plástica.

Como descrever um ser em mutação? Aos dezoito anos, quando Zé da Merda recebeu o presente dos Reis Magos na noite de Natal, ele já estava morando no aterro sanitário havia quatro anos. Com todos os vermes habitando seu corpo, dentro e fora, quatro anos são um recorde de sobrevivência. Zé tinha um metro e setenta e três de altura mas se locomovia encurvado, com roupas grudadas no corpo e cheio de pelos habitados. Dava mais a impressão de um homem de Cro-Magnon de um metro e meio de altura. Comunicava-se através de urros. Era difícil reconhecer um ser humano naquele rosto onde apenas sobressaíam olhos selvagens. A primeira grande transformação foi quando Zé da Merda saiu do aterro sanitário, raspou os pelos, cuidou dos eczemas epidérmicos e restabeleceu seu estômago com alimentação saudável. Deixou de andar como um primata através da prática de exercícios físicos, natação, RPG, massagens etc. Recuperou seu um metro e setenta e três de altura. Os cabelos ficaram mais sedosos, embora os olhos igualmente pretos lembrassem os de um predador. Sobrancelhas grossas, nariz adunco, boca reta e fina, a fisionomia dura remetia a um semblante de gladiador ou de Robocop. Pele clara, embora sua descendência fosse negra, indígena, ibérica, em suma, um vira-lata como noventa por cento da população do país. Depois de readquirir a fala, sua postura e semblante se suavizaram, sem deixar a marca de um homem de ferro, marca essa que emprestava à sua pessoa um misto de terror e confiança.

Essa foi a transformação de Zé da Merda em José de Almeida Silva, advogado e contador. Uma nova transformação se fazia necessária. Olhando no espelho, Zé da Merda nunca se reconheceu como pessoa. Mas como um disfarce em função de sua sobrevivência.

Existe um sindicato do crime? Existe, e mais do que isso, existe também um Estado paralelo do crime. Crime é uma palavra com conotações julgadoras, pesadas, fortes, carmáticas. Contravenção tem ares de leveza, de condescendência. Mas, sim, existe um estado paralelo ao oficial, uma espécie de banco suíço que não exige comprovantes da legalização do dinheiro e, mais ainda, oferece serviços extras, como novas identidades, rede de fugas para outros países etc. Uma espécie de offshore e paraíso fiscal, com tentáculos alcançando organizações clandestinas como a máfia Cosa Nostra, ditadores, presidentes, políticos. Além disso, oferece uma gama de serviços, tais como lavagem de dinheiro, passaportes frios etc. Nunca há ideologias políticas. Seus serviços nunca vêm à tona. Sigilo absoluto. Totalmente confiáveis. Uma ONU eficiente do crime. Tem séculos de existência. Possibilitou a muitos nazistas se refugiarem na América Latina. O preço é exorbitante, sempre.

Como secretário-executivo da organização de contrabando do Proprietário, dr. Almeida Silva ou Zé da Merda entrou em contato com o Estado paralelo em benefício do Proprietário, no quesito lavagem de dinheiro, e também em benefício próprio, no quesito nova identidade. O primeiro mérito do Estado paralelo foi o de nunca perguntar sobre a queima de arquivos de sua identidade pregressa depois da operação bem-sucedida. Sem memórias comprometedoras.

Criar uma nova identidade não é uma obra de ficção, inventar nomes, documentos e pronto. A pessoa a ser inventada deve ter uma existência real.

O requisito do comprador é de que a nova identidade seja a de um homem entre vinte e cinco e trinta anos, de cor branca, com um pouco mais de um metro e setenta, advogado e brasileiro. Muito difícil e muito caro. Depois de uma equipe de mais de trinta homens vasculharem o país, aconteceu um sincronismo perfeito.

José Lourenço Pinheiros era um advogado de vinte e cinco anos de uma cidadezinha do oeste de Mato Grosso. Trabalhava como auxiliar de advocacia numa firma do Rio de Janeiro, para onde se mudara havia dois anos. Não era muito brilhante, embora bem-apessoado, um metro e setenta e cinco de altura, branco, cabelos castanhos, olhos negros, queixo triangular, lábios carnudos, nariz arrebitado, uma fisionomia agradável. Órfão de pai e mãe, fora criado pelo avô, que lhe facilitara os estudos. Avô já falecido. Indivíduo ensimesmado, não muito comunicativo e de poucos amigos. Não se correspondia com ninguém de sua cidade natal. Numa noite de verão, foi assaltado por dois elementos, reagiu, foi baleado e morto.

No Instituto Médico Legal seu corpo sumiu, assim como o boletim de ocorrências do homicídio do dito-cujo.

Nascia a Terceira reencarnação de Zé da Merda.

O Estado paralelo providenciou a operação plástica de Zé de Almeida para que a semelhança com José Pinheiros fosse total. A equipe de hackers migrou as impressões digitais de Zé de Almeida para José Pinheiros e de José Pinheiros para o falecido Zé de Almeida.

Zé foi para a Bolívia. No aeroporto de La Paz uma aeronave o esperava. Voou para uma ilha do Caribe de jurisdição holandesa onde a operação foi feita.

Custo total do serviço: um milhão e duzentos mil dólares.

14

São Paulo. Metrópole. Vinte milhões de habitantes. Zé Pinheiros (da Merda) alugou uma casa num bairro de classe média baixa e construiu com suas mãos uma caixa subterrânea. Recheou os recintos da casa com uma biblioteca recém-adquirida, mais computadores e alarmes eletrônicos. Mas a metamorfose em seu novo personagem sofreu desafios. No cais do porto ele estava confortável com sua figura. A postura espartana e inflexível, sem sorrisos nem meios-termos, era uma armadura de sobrevivência eficiente. Mas na metrópole isso não funcionava. O parâmetro da comunicação inicial era a cordialidade, o que implicava o reconhecimento do outro e certa empatia.

Mas suas tentativas de ser simpático redundavam em esgares faciais, numa espécie de simulacro de cordialidade que afugentava as crianças e os adultos também. Na vida anterior ele tinha atrás de si uma gangue, mas agora estava sozinho. Mas não permaneceria só por muito tempo. Numa de suas andanças pelo bairro, debaixo de um viaduto, cruzou olhares com um homem forte, de um metro e oitenta de altura, de cor mulata. Ele tinha um cachorro magro e pulguento. Era um sem-teto. Os olhares se cruzaram. Díspares. Adoração e completa indiferença.

"Qual é o seu nome e o do cachorro?"

"João Cachorro e o dele é Cachorro João." Deu de ombros, se virou e foi embora. Duas esquinas à frente, ele virou a cabeça para trás e lá estavam João Cachorro e Cachorro João o seguindo. Tirou da cabeça qualquer ideia de assalto. Percebera que João Cachorro era dócil, uma espécie de Francisco de Assis. Dócil, mas não débil mental ou drogado. Alma simples.

"Quer dinheiro para comer?"

"Não."

"O que vocês querem?"

"Te seguir."

Voltou a andar os três quarteirões que faltavam para chegar em casa.

Três dias depois, ele olha pela janela e vê os dois acampados diante de sua casa. Foi falar com eles.

"O que vocês querem?"

"Ficar perto do senhor."

Teve uma intuição. Contratou-os. João Cachorro poderia ser segurança e mantenedor da casa. Explicou o serviço, comprou roupas casuais para ele, nunca aquele estereótipo de segurança-armário.

Quanto ao Cachorro João, foi levado a um veterinário: tosa, banhos, vitaminas e vacinas. Alojou os dois na edícula da casa.

O corpo faz a dança da sobrevivência. No seu caso, o seu corpo espremia defesa e ataque mais indiferença. Isso não era suficiente na cidade de intercâmbios. Não conseguia fingir nem um sorriso. Decidiu entrar num curso de teatro.

José de Almeida tinha que emergir de qualquer jeito. Zé da Merda deveria ficar invisível. José de Almeida precisava de sentimentos, Zé da Merda não sabia o que era isso. No curso de teatro, Zé só se dava bem em papéis de gângster. Ele só queria ser Romeu. O corpo não obedecia à vontade. Paralelamente, praticava natação, nado livre, borboleta, peito e costas. E dança também. E corrida. O corpo respondia mecanicamente e só.

Três meses de curso de teatro e Zé de Almeida só ganhava papéis de gângster.

Ao acordar e voltar para casa, Zé encontrava comida feita por João Cachorro. De sucos detox a comida vegetariana. Também encontrava obras de arte feitas pelo Cachorro João. Consistia em dejetos físicos de várias formas, nunca repetidas, e dispostas em diferentes lugares. Zé registrava em fotos cada escultura diária em seu iPhone. Esculturas de merda.

Depois de um frustrante e exaustivo dia no curso teatral, Zé voltou para casa e fotografou a escultura do Cachorro João. João Cachorro tinha ido ao mercado fazer compras. Zé sentou-se numa almofada no chão da sala e chamou Cachorro João, que se postou diante dele, abanando o rabo.

"Escute, Cachorro João, eu simplesmente não tenho nenhum sentimento dentro de mim. Isso não é uma reclamação. Sou assim. Me basta. Meu único gosto é ler e solucionar, ou seja, traduzir. Agora estou tentando traduzir a simulação de sentimentos de socialização ou empatia que eu não tenho. Por exemplo, eu não gosto ou desgosto de você, por isso posso falar francamente."

Cachorro João abanava o rabo, atento ao discurso de Zé de Almeida ou, melhor, Zé da Merda. Nesse diálogo, Zé estendeu a mão direita para perto do Cachorro João e este lhe aplicou uma violenta mordida nos dedos e na palma da mão. Atônito, ele olhou para o Cachorro João, que abanava o rabo. Doeu. Furos de dentes caninos na palma e dedos despejavam sangue no tapete. Num átimo, Zé da Merda pensou em matar o cachorro ou sair correndo. Ao pensar em matar o cachorro, ele sorriu. Então percebeu que sorriu. Então notou que Cachorro João traduziu o enigma. A demonstração de empatia tinha de ser acompanhada de dor. Em júbilo, ele amarrou uma camiseta na mão e saiu para comprar um quilo de filé-mignon para o cachorro. Nada é de graça. Você recebe, você dá. Contrapartidas. Mas Cachorro João não esperava nenhuma carne.

Zé da Merda, Zé da Silva, Zé na sua terceira encarnação, comprou uma bateria portátil de choques. Cabia no seu bolso. Zé compreendera, auxiliado por Cachorro João, que a dor lhe abria o sorriso e a empatia, pelo menos a compreensão da empatia. Chegou no curso de teatro e pediu para representar Romeu. Todos riram. Como o Gângster (era seu apelido) iria representar Romeu, o apaixonado? Seria no máximo uma grande comédia. Ele regulou a bateria de choques num grau máximo. Fez seu papel. Julieta ficou apaixonada e teve um orgasmo quando da declaração de amor de Romeu. A audiência ficou perplexa ao assistir a metamorfose do gângster em Romeu. Agora ele poderia interpretar como Marlon Brando, Ricardo Darín. Dependendo da carga de choques.

A star is born. Zé era a sensação do grupo. O novo astro. Fez de tudo. Amante, bobo, político, caixeiro-viajante, ermitão, cientista, o que aparecia ele fazia bem. Muito bem. Quando não podia contar com sua bateria de choques, ele fincava a unha previamente crescida na palma da mão até tirar sangue, isso também funcionava. Um dia ele desapareceu. Tentaram contatá-lo, mas não adiantou. Nome, endereço e celular em sua ficha de inscrição não batiam.

15

Zé da Merda precisava interagir com a sociedade agora que os parâmetros de socialização eram mais fluidos, não mais a dualidade de sobrevivência do submundo, uma militarização espartana do dever de ordens cumpridas. Agora ele tinha sua empatia elétrica. A seu favor podia contar com uma intuição das marés dos movimentos sociais e políticos favorecida pelas aulas de história de Pedro e Nelson além de suas leituras dos iluministas franceses, da própria Revolução Francesa, dos anarquistas e socialistas do século XIX, Bakunin e companhia, passando por Marx, e Lênin, a Revolução Bolchevique, os movimentos de direita e esquerda na Europa e Estados Unidos, o getulismo no Brasil, o nazismo, o fascismo e os genocídios na Segunda Guerra Mundial,os direitos civis dos negros americanos, a Guerra do Vietnã, os movimentos pacifistas, Eric Hobsbawm, Marcuse, Frantz Fannon, a queda do murro de Berlim, até o fim da utopia do comunismo.

Enfim, Zé da Merda compreendia o HUMANISMO com letras garrafais, embora o envolvimento emocional para ele fosse um vácuo mais do que vazio. Mas agora os ventos do liberalismo sopravam a favor. Um presidente negro nos Estados Unidos e outro vindo das classes trabalhadoras no Brasil. O dr. José Lourenço Pinheiros decidiu trabalhar contra a injustiça.

Trabalhar na porta de cadeia como advogado dos desvalidos lhe deu aulas de empatia (não precisava mais de sua geringonça de choques, era só mentalizá-los) e de compreensão dos mecanismos sociais. Apesar de muitos que conseguiu soltura, ele ansiava por uma ação mais ampla.

Teve vontade de conhecer sua encarnação presente, o José Lourenço Pinheiros. Talvez isso pudesse lhe abrir o leque. Comprou uma passagem aérea para Mato Grosso, deixou o dinheiro das despesas com João Cachorro, olhou o Cachorro João e partiu.

Levou consigo o dossiê que A FIRMA tinha lhe oferecido sobre sua pessoa agora, a encarnação de nome José Lourenço Pinheiros. Grosso volume. Desde seu nascimento, as casas onde morou, as características da cidade, de seus habitantes e de seus amigos, lembranças fugidias de mãe e pai, a personalidade do avô, fofocas e mexericos de uma cidade pequena. O que mais ajudou foi que José Lourenço era tímido e introspectivo. Tinha poucos, quase nenhum amigo. Foi à casa de seu falecido avô, que seria posta à venda, sendo a soma revertida para sua conta bancária. No seu quarto revirou o baú de livros de advocacia e escritos, e achou um estudo sobre a criação de uma ONG de proteção ambiental das florestas, cultivo agroextrativistas, floresta em pé, permacultura, variações climáticas devido ao desflorestamento etc. Comprou no ato a ideia. Seria sua forma de aparecer para uma sociedade esclarecida. Faltava apenas o detalhe do financiamento. Mas também a solução se apresentou a ele.

Na viagem de volta, ele arquitetou os planos para sua entrada na sociedade e ser reconhecido como pessoa. Primeiro: comprar o primeiro prêmio da Loteria Federal. Isso não seria difícil com a ajuda da A FIRMA, que foi a responsável pelas encarnações de Zé da Merda. Ela era especializada em paraísos fiscais, lavagem de dinheiro, ilegalidades bancárias, vendas de identidades e mais um amplo leque de ações.

Segundo: comprar uma casa situada num bairro de classe média e finalmente se apresentar para o noticiário como um modesto e idealista advogado cuja primeira medida seria o de reservar parte do prêmio para uma ONG em defesa do clima, das florestas e da Amazônia.

Desceu do táxi em sua casa vindo do aeroporto. A casa estava às escuras. Não entendeu. Tinha mandado um WhatsApp para João Cachorro dizendo a hora que ia chegar. Entrou, acendeu as luzes e achou um bilhete e uma soma de dinheiro em cima da mesa de jantar. O bilhete dizia: NÓS TE AMAMOS. A soma de dinheiro equivalia a todos os salários e gratificações pagos a João Cachorro por seus serviços. Não entendeu nada. Sentiu um latejar na cabeça. Sentou na cadeira e percebeu o bilhete molhado. Descobriu pela primeira vez na vida que suas lágrimas caíam no papel e ouviu uma voz alta: FILHOS DA PUTA, CANALHAS, INGRATOS, QUEBRADORES DE CONTRATOS. Também descobriu que era a sua voz. Foi atacado por uma terrível dor de cabeça, uma enxaqueca de matar. De repente viu um laivo, um risco diferente dentro do inferno da enxaqueca. Semelhante a uma cor, talvez vermelho. Zé da Merda só via em branco e preto. Ele não sabia que a supressão de sentimentos e cores era a razão de sua resiliência. Não sabia o que era vermelho.

No dia seguinte, encontrou no jardim uma escultura de Cachorro João, a mais bonita que ele fizera. Tirou uma fotografia e chutou a bosta para longe, ainda atordoado pela sua enxaqueca.

16

Saiu em todas as manchetes dos jornais: JOVEM ADVOGADO GANHA PRÊMIO MÁXIMO DA LOTERIA. Dr. José Lourenço Pinheiros é um jovem idealista, vai usar parte do prêmio para criar uma fundação para a proteção das florestas na Amazônia.

Zé da Merda ganhou quatrocentos milhões de reais. O preço do prêmio foi de seiscentos milhões.

Comprou uma casa grande num bairro de elite. Contratou seguranças e empregados domésticos. Agora precisava aflorar a personalidade do dr. Pinheiros.

A pele que eu habito é o nome de um filme de Almodóvar. E a pele que Zé da Merda teria de construir para habitar dentro era a pele de um burguês.

Como adquirir a pele, a casca de árvore de um burguês para navegar na sua invisibilidade? Mais do que o dinheiro da caverna, essa invisibilidade é a boia salva-vidas que solidificava sua estrada para a compreensão. Sua maior vitória na vida fora aprender a ler. Sua única herança foi os jornais amarelecidos que guardava e ficava olhando as letras. Qual é a herança de um ser normal?

Ele não se sentia confortável nessa casca ou pele porque precisava aprender o porquê desse desconforto. A necessidade de agradar. Não que isso lhe cheirasse a hipocrisia. Simples camuflagem. O cerimonial era diferente daquele da pele da marginalidade. Junto aos contraventores, a pele normal era a da sobrevivência. Pura e simples. Agora não. Mas nada disso lhe era estranho. A cultura faz a pele.

Sim, ele tinha percorrido o caminho do útero até aqui fora. Como todo mundo. Mas fora depositado num orfanato sem saber o significado de nenhum pertencimento. As relações e tessituras ele mesmo teria que fazê-las.

Outra mudança, dessa vez para um bairro nobre, um gueto social de São Paulo. Três seguranças. Imergiu numa série de leituras, aprendizados. Começou aprendendo inglês, francês, alemão e mandarim. Sua memória é imensurável como sua facilidade. Quando ele aprendia francês, ele era francês. Ele caía dentro do idioma. Assim como todos os outros. Esquecia do português. Contratou professores famosos.

Pensamentos

Estudou Lacan, Deleuze, Derrida. Estava fascinado pelo devir o outro. Como cair em outra cultura. Leu Lévi-Strauss. Leu Sartre,

Simone de Beauvoir, Hannah Arendt. Compreendeu as correlações políticas com a pele da cultura. Estudou Nietzsche. A banalidade do mal que levou à banalidade da morte na Segunda Guerra Mundial. Entendeu o movimento do Pêndulo da História, para a direita Guerra e ódio, para a esquerda paz. Mas também compreendeu que sempre há inseminações do bem dentro do mal e do mal dentro do bem, como um movimento igual ao do Tao. Estudou Nietzsche e descobriu uma nova ala de visionários que foram além da lucidez, como Antonin Artaud e seu teatro do Absurdo, e o pintor Bispo do Rosário na sua espera de Deus. Mais uma tribo descoberta. Começou a compreender a si mesmo ao ir além da psiquiatria freudiana. Fazia parte de uma tribo, como a dos autistas e os da Síndrome de Down. Inúmeras tribos existentes, com seus códigos. A normalidade não existia. A unificação de uma humanidade coesa e única era uma grande mentira para transformar num único rio o consumismo desenfreado e a produção ininterrupta. Da transformação do ser numa peça de mecanismo que engole as outras. Ele podia abarcar doses cavalares de conhecimento porque o conhecimento era tradução e não ferramenta de poder. O conhecimento se processava através da tradução.

Descobriu Fernando Pessoa e seus heterônomos. Ele também tinha os seus, mas os de Fernando Pessoa eram concomitantes. Descobriu Philip K. Dick e *Blade Runner*. Seria Zé da Merda um replicante?

Além do mais, estudou muita computação, realidades virtuais e realidades aumentadas.

Nadava toda manhã na sua piscina de vinte e cinco metros com duas raias.

Leu os sutras de Buda. O que mais entrou dentro dele foi o Sutra do Diamante. Estudou os mestres do zen-budismo. Recitava os koans, “anedotas” de sabedoria do estar aqui e agora: “Um homem andava pela floresta quando viu um tigre que começou a persegui-lo. Saiu correndo e o tigre perseguindo-o. Chegou a um despenhadeiro, olhou para baixo e viu um leão. Pulou, mas antes de chegar se agarrou num ramo de uma planta entrelaçada com uma videira que continha uvas maduras. Provou das uvas e exclamou: Que delícia!”. Outro koan predileto: “Um mestre reuniu seus discípulos e propôs um enigma. Se você colocar um filhote de ganso dentro de uma garrafa, quando ele crescer, como você faz para retirá-lo sem matá-lo e sem quebrar a garrafa? Meses se passaram e ninguém achou a solução. Então o mestre reuniu seus discípulos outra vez e exclamou: o ganso está solto!”. (Não existia garrafa nem ganso.)

Entrou num mosteiro zen para fazer meditação, que consistia em se sentar em posição de lótus, pernas cruzadas e palmas das mãos para cima, olhos fechados, esvaziar a mente e ficar no presente do aqui e agora. Mas a mente é rebelde. Depois de um momento, as pessoas começam a pensar no cafezinho ou na beleza de uma mulher. E o sinal dessa fuga se manifesta num tremor nas pálpebras dos olhos. Então, eles sentiam um toque de uma vara de bambu nos ombros, desferida pelo condutor da meditação que circulava entre eles, e voltavam para o presente. Zé da Merda meditava por horas, e nunca sentiu o toque do bambu.

Estudou taoismo. O circulo mutante do Ying e do Yang, dos dualismos, do amor e ódio sempre em transformações. Isso o levou à leitura do *I Ching: o Livro das Mutações*. (Mas nunca o consultou.)

Não era uma questão de acreditar ou de cair dentro. Era apenas sua vontade forte de conhecimento. Era importante conhecer outras culturas para conhecer a cultura indígena.

Mas uma coisa lhe entrou na pele. O TAI CHI CHUAN. Frequentou a academia do mestre Wong. Aprendeu o *kati* (sucessão de movimentos de luta e defesa), o *tui sao* (luta) e exercícios. Praticava todos os dias.

Letícia Moura é formada em Comunicações e Artes pela Universidade de São Paulo. Vinte e cinco anos, inteligente, estatura média e corpo esbelto, fora contratada pelo dr. Pinheiros para ser sua secretária. Expert em computação, organizou toda a sua biblioteca. Comprava livros, dava sugestões sobre arte, controlava a organização da casa, cozinheira, arrumadeira, segurança. Do signo de Touro, tinha os pés no chão, extremamente prática e sincera. Prezava mais a perfeição do trabalho do que sua remuneração.

Um dia enquanto discutiam detalhes, falou: "Dr. Pinheiros, estou muito feliz com meu emprego, mas o senhor me permite uma pergunta de caráter pessoal, pessoal para mim, cuja aceitação ou negação não vai interferir em nada no nosso trabalho".

"Sim, pergunte."

"Eu tenho um fascínio e um tesão sexual pelo senhor, que atrapalha o meu trabalho. Gostaria de ter uma única relação sexual com você. Se a resposta for positiva, aleluia!, se for negativa, suprimo de imediato essa vontade. Absolutamente não é amor, é mais uma curiosidade imperativa."

"A resposta é sim."

Transaram em várias posições. Ela teve três orgasmos e ele ejaculou duas vezes.

Nus na cama entre lençóis, ela, com a cabeça no travesseiro, virou sua face para ele e disse:

"Muito obrigado por satisfazer minha curiosidade. Mas vou dizer uma coisa que talvez lhe seja útil, e peço desculpas pela sinceridade. Apesar dos orgasmos, transar com você foi como se eu transasse com um vibrador. Com um excelente vibrador. Mas totalmente mecânico. A comunhão de corpos nunca aconteceu, a frieza e a distância de seu corpo em relação ao meu estavam sempre presentes, e daí assumi as rédeas e retirei o prazer por mim mesmo. Você não conhece uma mulher. A nota que lhe dou é zero."

"Eu lhe agradeço a honestidade, e ela vai me ser útil."

Eles se levantaram da cama, tomaram uma ducha e voltaram para o trabalho como se nada tivesse acontecido. E de fato não aconteceu.

Zé da Merda só via em branco preto, não tinha olfato, tato e nenhum prazer sexual.

17

Agora era hora do dr. José Lourenço cumprir sua promessa de criar um Instituto para a Biodiversidade e as Mudanças Climáticas, isto é, salvar o planeta — proposta elaborada em sua cidadezinha de Mato Grosso. Começou a estudar e procurar informações. Um estudo do dr. Antonio Nobre lhe chamou a atenção:

Um rio maior que o Amazonas e responsável pelo abastecimento de água doce de todo o sudeste da América Latina está seriamente ameaçado. Esse rio, invisível para muitos, despeja vinte bilhões de toneladas de água doce em uma região que é responsável por setenta por cento do Produto Interno Bruto (PIB) da América do Sul.

Ainda assim, pouco valor é dado a esse rio e, mais grave ainda, existem dezenas de projetos que irão destruir, pouco a pouco, essa fonte incalculável de vida. Esses rios de vapor, produzidos graças à transpiração dos seiscentos bilhões de árvores da Amazônia, sobrevoam todo o país diariamente e fazem com que a água jorre do solo para o céu em uma quantidade gigantesca.

Para se ter uma noção, o rio Amazonas, maior manancial do mundo e responsável por um quinto de toda a água doce que sai dos continentes e chega aos oceanos, despeja diariamente dezessete bilhões de toneladas de água doce no oceano Atlântico, três bilhões a menos que os rios voadores. Além do grande volume de água, as árvores fazem esse trabalho utilizando apenas a luz do sol, o que torna seu trabalho ainda mais eficiente.

Paradoxo da sorte

Mas por que esse rio é tão importante para nós?

Estudos comprovaram que as regiões localizadas a trinta graus de latitude ao norte e ao sul das florestas equatoriais são desertas. A única exceção em todo o mundo está no quadrilátero que vai de Cuiabá a Buenos Aires, e de São Paulo aos Andes. A responsável por esse fenômeno é exatamente a "bomba biótica de umidade", ou seja, os rios voadores que são produzidos na Amazônia e sugados para dentro do continente, "pulsando sobre essa região como se fosse a circulação sanguínea de um corpo".

Desmatar é igual à morte. Mas outra questão lhe veio à mente. Uma atitude humanista branca e etnocêntrica de culpa seria o suficiente para impedir esse progresso maligno? Ou outra cultura não ocidental seria mais eficiente, transformando-se em Guardiões da Floresta? A resposta é totalmente óbvia. As nações indígenas.

Livros, livros e mais livros

Leu a *Queda do céu* de Davi Kopenawa e Bruce Albert. Adorou os Xapiris, os entes luminosos da floresta que perseguiam as crianças que tinham o dom do xamanismo até elas caírem dentro da aceitação. A cosmogonia Yanomami.

Leu tudo sobre os líderes indígenas, o próprio Davi Kopenawa Yanomami, Airton Krenak e o primeiro de todos eles: o cacique Raoni.

Descobriu grandes heróis: os irmãos Villas Bôas. Eles salvaram a tradição indígena.

Leu Claude Lévi-Strauss, começando com *Tristes trópicos*. Leu Eduardo Viveiros de Castro sobre o perspectivismo ameríndio. Chegou a conclusão de que era melhor criar as raízes de uma universidade indígena do que salvar a floresta Amazônica através da permacultura. Era um paliativo, a cobiça e a ganância inclusive poderiam encampar essa ideia para mascarar o plantio de soja e a indústria da carne.

Marcou uma reunião para discussões com todos os ativistas da linha de frente em sua casa.

Iria doar seu dinheiro para a criação de uma universidade de saberes indígenas.

Os pensamentos de Zé da Merda

Jogou o livro no chão e deu um murro no tampo da mesa de vidro. Um desconforto e uma dor de cabeça repentina. Raiva. Começou a se questionar. Afinal de contas, por que estou fazendo tudo isso?

Cansado, deitou no sofá da sala e dormiu. Foi acordado por uma gargalhada. De onde viria? Dele mesmo! Ele estava rindo às bandeiras desfraldadas. Ele se lembrara de anos atrás. Você é meu amigo ou amigo da onça? Gargalhava e gargalhava, até que se lembrou das outras piadas que ele não tinha entendido na época. E riu e riu por duas horas, até que sentiu dor nos músculos da barriga de tanto rir.

TCHANS. Luz no fim do túnel. Pela primeira vez ele entendeu o Outro da piada pela compreensão lógica dos eventos e não pela empatia. Uma nova pele.

18

A inauguração para o lançamento da primeira Universidade Indígena foi um sucesso. Indigenistas, antropólogos, sociólogos, lideranças de várias etnias, ongueiros e formadores de opinião. Muitos discursos e planos debatidos. Ele, dr. José Lourenço Pinheiros, também discursou. A opinião sobre esse benemérito que ganhou na loteria era diversa. Uns achavam que ele queria se promover, era um oportunista, outros que era um ingênuo de primeira ordem, outros ainda o achavam até simpático por batalhar por uma causa justa, mesmo sendo ingênuo. O edifício começaria a ser construído no Xingu. Faltavam apenas os consentimentos dos canais governamentais.

“Gostei de seu discurso, admiro sua iniciativa. Sou o dr. Fred e clinico em várias localidades indígenas. Pelo que eu entendi, o senhor nunca teve contato com esses povos. Quero convidá-lo para viajar comigo e minha equipe para um povoado no interior do Amazonas. Vou colocá-lo no papel de ajudante, já que a Fundação Nacional do Índio é muito restritiva quanto a turistas. Acredito que esse contato vai ser mais vital do que suas intenções. Partimos na semana que vêm.” Zé da Merda aceitou.

Os quatro, dr. Fred, clínico geral, dr. Alberto, oculista, dr. Marcelo, infectologista, e ele, chegaram ao aeroporto de Manaus e entraram num avião de pequeno porte para seu destino final. Depois de três horas avistando florestas densas e rios serpenteantes, o avião aterrissou em uma pista de terra. Ao descerem da aeronave, foram cercados por dezenas de indígenas em cerimônia de boas-vindas. Dr. Fred era muito estimado. Foram escoltados para a oca principal, onde o cacique e o pajé pediram permissão aos deuses da floresta para a entrada dos quatro brancos em suas terras. Dr. Fred agradeceu e apresentou seus acompanhantes e suas funções. Ao apresentar o dr. Pinheiros, foi um alvoroço total. Todos os indígenas começaram a procurar alguma coisa que ninguém sabia, procuravam nas redes, debaixo dos carvões das fogueiras, em todos os cantos da oca. Súbito, eles saíram todos a procurar nas florestas vizinhas a pista de aterrissagem. Voltaram em uma hora sem achar nada.

Reuniram-se outra vez, os quatro brancos, o cacique e o pajé no centro da oca e todos os indígenas em volta. O pajé falou, apontando para o dr. Pinheiros: “Este homem não é HOMEM INTEIRO. É MEIO HOMEM. Ele perdeu sua metade. Nós procuramos em todos os cantos e não achamos a sua metade. Ele não perdeu a metade aqui. Ele deve ter perdido sua metade há muito tempo. E um meio homem não pode ter nome. Só eu posso lhe dar um nome porque Tupã assopra nos meus ouvidos. O nome dele é PARAKÊ, que significa meio homem. Pode andar com a gente, Parakê. Mas também falei com sua metade perdida. Ele se chama IONUSÊ. Faz muito tempo que você perdeu sua metade. Foi no nascimento. Você saiu primeiro e Ionusê depois. Quando ia se dar a união, ele não te encontrou mais. Sim, essa união vai acontecer, mas vai demorar. Ionusê mandou avisar que vai te dar um presente". O pajé abriu os olhos e já não se lembrava do que havia dito. Assim foi o primeiro dia.

O segundo dia era o do Festival do Chamamento das Entidades da Floresta. Eles se manifestavam através da ingestão nasal de uma espécie de pó altamente alucinógeno, administrada em cada narina do receptador através de uma zarabatana de um metro de comprimento assoprada pelo pajé. Todos participavam desse ritual, inclusive o dr. Fred e sua equipe. Zé da Merda era imune a embriaguês e viagens, tendo ingerido bebidas alcoólicas, fumado maconha e cheirado cocaína, e seu organismo nunca processou nada. Ele era imune. Depois de soprado, ele saiu calmamente da oca para um passeio.

Caminhou pelo campo e olhou suas botas caminhando num capim verde. VERDE??? Verde é uma COR. Zé da Merda nunca viu cor, só um laivo que pensava ser de vermelho em suas enxaquecas. Sabia que era o verde pela cor de sua bandeira. "Verde, amarelo, azul são as cores do Brasil." Ele via o preto, o branco e todas as gradações de cinza. O verde que ele via sob seus pés era esmaecido, mas era verde. Levantou a cabeça e viu uma árvore com FOLHAS VERDES. Levantou mais a cabeça e viu o CÉU AZUL. Esmaecidamente azul.

Olhou uma fruta e ela era AMARELA. Reconheceu a flor VERMELHA. Seria esse o presente de IONUSÊ?

Sentia-se inebriado e em êxtase e um pouco tonto. Viu cinco cadeiras de lonas, três delas ocupadas. Precisava sentar. Chegou, pediu licença aos três ocupantes, que eram brancos, e sentou.

Respirou fundo e exalou várias vezes para se recuperar da tonteira do êxtase. E olhou para as pessoas sentadas. Eram cinco cadeiras de lona em semicírculo. Ele sentara na quarta e a quinta ficou livre. Enorme susto. Na primeira cadeira estava sentado o Zé da Merda habitante do monturo/depósito de lixo com suas roupas ensebadas, sua cabeleira cheia de bichos e a pele em crostas. E ele olhava fixamente para ele. Na segunda cadeira estava sentado o Zé da Merda gerente do chefe do contrabando, com suas roupas limpas, bem penteado, com a cara férrea e com o diploma de advogado. E ele olhava fixamente para ele. Na terceira cadeira era ele mesmo, um burguês com fantasias de humanista, e ele olhava fixamente para ele. Na quarta cadeira, a que estava sentava, ele se sentiu um espelho convergente de olhares, inclusive o seu. A quinta cadeira, a seu lado, não tinha ninguém. Primeiro foi um sussurro, o som foi aumentando até uma gritaria: parakê, parakê, parakê, parakê, parakê, Parakê, Parakê, Parakê, Parakê, PARAKÊ, PARAKÊ, PARAKÊ, PARAKÊ, PARAKÊ... Outra voz começou em sussurros: ionusê, ionusê, ionusê, ionusê, ionusê, Ionusê, Ionusê, Ionusê, Ionusê, IONUSÊ, IONUSÊ, IONUSÊ, IONUSÊ, eu não sei, eu não sei, eu não sei, EU NÃO SEI, EU NÃO SEI, EU NÃO SEI, EU NÃO SEI...

Dr. Pinheiros foi embora. Tirou e jogou as botas fora, assim como as meias, camisa e calça, e andou de calção. Sentia o chão de terra todo irregular, não era mais as tábuas planas de uma casa, nem o asfalto plano de uma rua. Era terra ondulada. Via as árvores afastadas e sentia toda a conexão com as raízes numa teia de solidariedade, as folhas brilhantes ao sol cantando ao ritmo do vento. Viu as aves no céu e se incorporou nos seus voos, surfando no vento, absolutamente TUDO ERA UM, e ele fazia parte desse UM.

Caminhando, ele se encontrou num lugar de enorme força. Troncos entrelaçados formando um anfiteatro, árvores de raízes aparentes numa dança de extrema sensibilidade, e árvores caídas no rio num contraponto mágico, raízes nas areias se desintegrando e complementando o conjunto. Tudo isso criando uma sinfonia de sincronicidades, conduzindo-o para além de seu corpo. Ele pegou uma folha e ficou deslumbrado com os pequenos desenhos dentro do verde e do dourado em sua superfície, sugerindo rostos, borboletas, o sol, sua aura e inúmeras sugestões mais. Cada folha era diferente. Recolheu uma quantidade de folhas e as dispôs à sua frente. Estranho, pensou. Parece um alfabeto, uma escrita. Se eu pudesse ler esse alfabeto. De repente aconteceu um clarão e ELE ESTAVA LENDO AS FOLHAS DA SERINGUEIRA.

Leu durante horas. De repente as letras voltaram a se tornar desenhos nas folhas da seringueira e a leitura sumiu.

RELATO DAS FOLHAS DA SERINGUEIRA

O ser humano branco é o animal mais burro, porque ele pensa que é o mais inteligente. Não entende nada de floresta e não pede ajuda ao indígena, que está cem vezes mais adiante... A floresta que mantém o mundo em harmonia, quebrada a harmonia, o céu pode cair na terra... Houve um momento que isso ia acontecer porque eles queriam nos aprisionar, nós, as seringueiras, as guardiães da floresta... A Revolução Industrial deixou os brancos loucos, eles criaram gaiolas para si mesmos e fugiram da natureza... Gaiolas que andam, gaiolas que voam, gaiolas de morar... A alma do branco ficou pequena... E eles precisavam de borracha para as gaiolas que andam... Nosso sangue... fizemos o que tínhamos de fazer para o céu não cair... Sopramos no ouvido do inglês Henry Wickham, aventureiro sem eira nem beira, para roubar nossas sementes e levá-las para plantar em outro lugar IONUSÊ... Deu certo... Tempos depois, os brancos precisavam de mais borracha para as coisas que andam... O chefe deles, chamado Ford, inventou uma cidade para nos plantar... Esta foi muito fácil... Inventamos a praga... depois Belterra... também fácil... praga... Salvamos a floresta da escravidão e do assassinato do homem pelo homem... cobiça... enquanto uns brancos mandavam lavar cuecas em Paris, outros eram escravizados e mortos para produzir mais borracha... A floresta foi salva... O céu não vai mais cair... Agora outro perigo... maior... a soja... Se não agirmos AGORA, O CÉU CAI...

COMO FUNCIONA A LEITURA

A folha não é um papel, se bem que o papel vem da árvore. A folha de papel contém apenas uma memória de 0,00033 por cento do que uma folha de seringueira. E é efêmera. A folha da seringueira contém uma supermemória, porque assim que ela é escrita ou estampada, incorpora-se à biblioteca ancestral das águas. Nunca se perde. A água é o maior computador já existente no universo, ele é a memória em si. A água salgada dos oceanos é o nascedouro da vida, e a água doce dos rios é o registro e história dela, a vida. Nada se perde. Tudo muda mas o registro da mudança permanece, sem memória a vida não funciona. Essa biblioteca não contém apenas a história do *Homo sapiens*, mas de todas as outras espécies e outras civilizações.

A leitura não se faz apenas pelos olhos e pela mente. Não é um processo acumulativo de saber. A leitura não é olhar. Você não vê o que quer, mas vê o que acontece. E acontecimento é transformação celular, o corpo se reconstrói com o acontecimento como uma dança de movimentos novos. Não existe mais quem está lendo, mas aquele que está participando. E a compreensão se faz pele. Assim ele pensava.

Chegou a uma praia de rio, e também o rio entrou nas suas veias e ele navegou dentro de seu corpo sendo rio. Nessa viagem foi despertado por uma voz: "EI, PARAKÊ, PINHEIROS, JOSÉ DA SILVA OU ZÉ DA MERDA OU QUALQUER QUE SEJA O SEU NOME". Voltou-se para a direita e viu no rio a cabeça de um boto olhando para ele.

"Como vocês, humanos, são bonitos. Se mexem andando na superfície da terra com graça e com a cabeça cheia de pensamentos. Nós, botos, amamos muito vocês. Vocês são tão indefesos que precisam de proteção."

"Porque todo esse amor, boto?"

"Ora, vocês não amam os macacos?"

"Sim, nós viemos deles. Já fomos macacos."

"Sim, e nós já fomos vocês. Nós viemos dos seres humanos. Quando éramos humanos, tínhamos toda a tecnologia, afinal de contas, éramos Humanidade. Tudo começou com a transformação dos chips tecnológicos em chips orgânicos. A decodificação entrou para dentro de nossos corpos. Isso possibilitou o crescimento do

BOTO

cérebro e a redução dos membros, mãos e pés. Todas as informações exteriores se tornaram interiores. Órgãos novos se desenvolveram, como uma enorme caixa acústica de radares e sensores de grande alcance. O som virou vibrações."

(Parakê ou Ze da Merda descobriu que sua boca estava fechada e a do boto era sempre um sorriso. Eles estavam dialogando numa espécie de telepatia.)

"Continuando: A natureza se revoltou. Epidemias, as folhas das árvores ficaram secas e a mandioca esfarelou-se. Os homens em mutação começaram a entrar nos rios. Nós somos mamíferos e não peixes. Um processo novo de respiração se processou.

"E nas águas dos rios havia moradias tão suntuosas como Versalhes e supermercados abundantes. Metamorfoseamo-nos nessa aparência que você vê hoje. Mas o principal é que os seres humanos tinham se esquecido da ÁGUA, embora sendo oitenta por cento parte dela. E a ÁGUA foi, é e sempre será A VIDA."

"Mas, boto, a revolução tecnológica dos algoritmos, do computador, dos chips, dos celulares, da virtualidade tem menos de cinquenta anos, começou com O MEIO É A MENSAGEM do McLuhan, os primeiros computadores enormes, os computadores portáteis de Bill Gates e Steve Jobs, o chips, a internet e a comunicação virtual começaram a existir a cinquenta anos. Não daria tempo para essa mutação."

"Sim, mas a ÁGUA É MEMÓRIA. A água tem todas as memórias vivas do mundo. E memória não é passado. Ela é viva e acontece em plenitude quando se manifesta. As águas profundas dos aquíferos são as guardiãs destsa memória. As águas dos rios e dos mares são muito jovens e não possuem a sabedoria das águas profundas. Quando você toma um banho de igarapé se torna magnetizado. As águas não têm o conceito de Tempo, tudo acontece aqui e agora, desde o código de Hamurabi, a fundação de Roma, a viagem do homem para a Lua, o segundo dia da criação, tudo acontece no aqui e agora. Agora uma verdade que você não gostaria de ouvir: A Humanidade já foi destruída três vezes. Todas tecnológicas. E nós a presenciamos. E a interiorizamos como fazemos com a sua civilização, a interiorizamos em nosso corpo, porque corpo e mente são uma coisa só. Para nós, não existe o tempo como para a sua civilização e outras. Podemos viver no seu tempo presente, passado e futuro."

"Você está dizendo que é imortal?"

(O boto riu.) "Nós vivemos com a memória das águas, que é a memória do mundo. Nós somos quem tece a teia, a rede. Sem a rede o céu cai e não existe mais mundo, inclusive vocês, humanos. Nós, cetáceos e peixes, temos a vivência do cardume. Quando um de nós é capturado e morre, nos transportamos para outro boto, através do nosso sonar; só fica a carne abatida. Existem botos que são três ou quatro. Não temos a individualidade que vocês criaram com a sua História. A nossa individualidade é o conhecimento que forma a teia, o que não é uma individualidade, mas uma pluralidade. Somos o cardume. Quando comemos cardume de peixes e plânctons, os peixes e plânctons emigram para outros peixes e plânctons."

"Se você viaja para o futuro, me conta o que vai acontecer comigo?"

"Você já sabe mas não quer saber. E nem pode. Existe um vaso censor no seu cérebro que bloqueia esse conhecimento. Se soubesse, seu corpo não aguentaria, explodiria. E eu não posso te contar, se assim o fizesse, quebraria uma fibra da minha teia, que quebraria outras e outras, e o céu poderia cair."

"Como é seu nome, boto?"

(O boto ri muito e mostra estar se divertindo com a conversa.)

"Se eu disser meu nome, perco minha função e sou demitido. (Cai na gargalhada por cinco minutos.) Isso você tem que aprender com os indígenas. Só os entes da floresta sabem. Se alguém de carne e osso souber seu nome, ele engole o seu poder e você vira fantasma. Humanos têm que aprender muito com os indígenas. Eles foram e voltaram, você está apenas indo. Eles saíram de sua civilização para a dos brancos, e depois voltaram para a sua com muito mais força. Uma virtude sua, Parakê, é a sua vontade de criar a Universidade dos Povos da Floresta."

"Como você sabe isso, boto?"

"Eu sei tudo sobre vocês, humanos, vocês são tão transparentes e ingênuos quanto suas ciências e artefatos. Como vocês amam os bonobos, os gorilas, os chipanzés, os saguis, toda a sua tribo primeira, nós amamos muito sua tribo presente. Não se preocupe, você ainda vai ser nós."

"E que o boto acha da lenda de ser o sedutor de donzelas disfarçado de homem?"

(Zé da Merda teve que esperar quinze minutos até o boto parar de rir.)

"Não, não é lenda. É verdade. Pura verdade. Temos uma loteria igual à de vocês, cujo ganhador recebe a permissão para se transformar em homem e vir à superfície para fazer amor com uma mulher. Essa transformação não é completa, já que ele não pode mudar seu respirador no centro da cabeça. Então ele ou ela devem usar chapéus. Nós amamos tanto vocês que isso vem a ser o maior acontecimento. Não é curiosidade, é AMOR. Os botos podem fazer amor por duas vias. Pelos genitais ou pela sua caixa de sonar. A nossa capacidade de comunicação, as ondas sonares, alcança longas distâncias. Agora estamos falando cinco metros um do outro. Mas eu poderia falar com você até a uma distância de cem quilômetros. E igualmente fazer amor dessa mesma lonjura. As ondas transmitidas são muito fortes, principalmente as sensuais. O prazer é mais forte e se irradia pelo corpo todo. Quando um homem é envolvido pelas ondas sensuais de uma bota ou uma mulher por um boto, eles enlouquecem, porque essa intensidade nunca foi sentida antes. É muito difícil um xamã quebrar esse encanto. Então a moça ou o moço entra no rio para encontrar seu amado, amada. Eles rapidamente adquirem a capacidade de respirar no centro da cabeça e a transformação em boto é rápida, porque nosso tempo é diferente, aliás, nem existe como essência, mas como movimento. Eles são chamados os precursores, OS PRIMEIROS. E nós não engravidamos ninguém, e se tal for o caso, elas vêm dar à luz aqui no fundo dos rios, na nossa cidade encantada. É uma desculpa esfarrapada.

"Mas chega de falar de botos, vamos falar de pele.

"O ser humano é feito das peles que ele constrói. Peles. Uma grande mudança de peles aconteceu com a Revolução Francesa e os filósofos iluministas, principalmente pela abolição do monarca como sendo o ungido de Deus para governar todos os mortais e pela Declaração dos Direitos Universais do Homem. Essa utopia se fez carne e pele. A utopia nasce para morrer e deixar suas sementes e fazer brotar uma floresta de consciência. A utopia é o agente de colorização da pele. Mas com a vitória da utopia nasce seu contrário, a distopia. AMOR E ÓDIO. Quando o ódio toma conta, nasce o autoritarismo, a violência, o terror. A pele fica fina e sem brilho. O autoritarismo é patriarcal, baseado na família, religião e propriedade. Quanto mais poder se tem pela riqueza adquirida, a religião te consagra como especial, e te torna o patriarca e tirano de sua prole e mulher. E defende sua pele com exércitos contra outras utopias de igualitarismo. Mas quando o amor predomina, a sociedade é matriarcal. As posses são comuns a todos e o pai é coadjuvante e feliz em sê-lo. É GUERRA OU PAZ. Outra pele de utopia foi a Revolução Comunista na Rússia, a União Soviética, que salvou a humanidade na Batalha de Stalingrado em 1942 contra a barbárie extrema, e como toda utopia, não funcionou e desapareceu, deixando suas sementes. Ela é o demônio do consumismo. Agora a pele da distopia chegou ao seu auge. Vocês já destruíram a natureza e ela vai se vingar, enviando uma praga de gafanhotos. Agora é o momento. HOMENS E MULHERES, UNI-VOS."

"Como poderemos fazer isso?"

"Em primeiro lugar pedindo perdão às mulheres. A Bíblia está errada. Não foram as mulheres que nasceram da costela de Adão. Foram os homens que nasceram da vulva de Eva. Cinco séculos que vocês escravizam as mulheres e roubam seus poderes para instituir o patriarcalismo do possuir a todo custo e domar o imenso poder das mulheres. Chega de caça às bruxas, de moldar o corpo e a mente das mulheres à submissão e à posse. Depois desse feito, como unidades iguais, salvar a natureza da exploração, do GAIACÍDIO. Mudando TUDO, Homens e Mulheres Unidos deterão a queda do céu."

Zé da Merda ou Parakê dormia na praia de rio e não mais no dormitório dos médicos. Os indígenas respeitavam seu diálogo com o boto e deixavam comida para ele. Dias se passaram e ele aprendia com o boto infinidades de conhecimentos, de civilizações antigas, extintas ou não, os melhores artistas e suas formas de expressão, a feitura de peles, a história dos vencidos e dos vencedores, para a frente do tempo e para trás, fofocas e feitos, a sabedoria e a beleza da mulher, a poesia do imaginável, a camaradagem, tanta coisa nesses dias.

Uma manhã ele acordou e não sentiu a presença do boto. Ficou confuso até captar uma mensagem que dizia assim: "Fui para outros rios".

Voltou para a taba, encontrou dr. Fred, e disse: "Preciso voltar. Ganhei muito e sou grato a você". Dr. Fred compreendeu tudo.

"Vou chamar o avião e ele te leva de volta amanhã."

No dia seguinte a pequena aeronave estava esperando pelo dr. Pinheiros. Alguns indígenas foram se despedir de Parakê. Ele era respeitado porque falou com o boto. Recebeu do pajé um rabo de macaco para proteção e conexão. Subiu no avião e foi para São Paulo.

19

Chegou em casa. A viagem, de aeroporto a aeroporto, foi péssima. Enjoos, vômitos e um pouco de febre. Fim de ano, dia 23. Dispensou todos os empregados. A sensação de desconforto era angustiante. Olhou seu escritório, sua casa, e uma sensação de ódio tomou conta dele. Pela primeira vez ÓDIO. Num acesso de fúria começou a quebrar tudo. Espatifou o computador no chão, o aparelho de som, celulares, tudo que lhe caía nas mãos era estraçalhado. Arremeteu contra os livros de sua biblioteca, cadeiras, móveis, cozinha e dependências que continham aparelhos, roupas. Tudo foi desmantelado com os gritos que vinham de sua garganta: PARA QUÊ? PARA QUÊ? PARA QUÊ? Na febre física e da destruição, apagou no sofá, apunhalado. Atravessou a noite e o dia o encontrou do mesmo jeito. Continuou a fúria da destruição. No meio da tarde deitou na grama e chorou. Comer nem lhe passou pela cabeça. No começo da noite pegou o carro e em velocidade descabida e com os faróis altos partiu para a noite com destino ignorado.

Depois de algum tempo dirigindo sem rumo, chegou a um lugar que lhe era conhecido. O DEPÓSITO DE LIXO, O MONTURO. Noite de Natal. Vinte anos antes. O depósito de lixo já estava desativado havia anos, os alambrados não existiam, nem luz, nem habitantes.

Ele saiu do carro e começou a andar na escuridão. Seu senso de direção era precis, apesar da angústia. Como da outra vez, sentia-se derrotado e prestes a entregar os pontos. Já não havia sentido a sua procura. PARA QUÊ? Do solo ainda emanavamos gases da decomposição. Sem reflorestamento, o terreno seria insalubre por muito tempo. Zé da Merda se dirigia ao ponto mais alto da montanha de monturos. Seus olhos se acostumaram à escuridão, seus pés afundavam no solo macio e sua mente continuava febril. Chegou ao topo e vislumbrou uma cena insólita. Uma pessoa sentada numa poltrona esfarrapada olhando o infinito. Uma senhora, afrodescendente, com uma idade meio indefinida entre cinquenta e sessenta anos, e um cachorro daqueles pequeninos a seu lado. Assim que ele o viu, começou a latir. Zé da Merda se ajoelhou à sua frente e, atingido por um raio, gritou:

MÃE!

O raio da epifania tomou conta do corpo de Zé da Merda, que, nesse instante, deixou de ser Zé da Merda. Ele via as cores como um filme colorido de Hollywood em Cinemascope, sentia uma onda de amor como um sufi amalucado, e com toda a essência crística. NUNCA SENTIU AMOR. AGORA ERA TODO ELE. Um arco íris imaginado o envolveu como uma roupa de linho. ELE ENCONTROU SUA OUTRA METADE. ERA UM, UM, UM.

Aproximou-se do trono da mulher, lhe segurou a mão, e o pequeno cachorro não parava de latir. Beijou sua mão, acariciou seu cabelo branco cheio de piolhos. Chorava de alegria. Beijou sua testa muitas e muitas vezes, beijou seu pescoço, e uma inusitada força sexual o invadiu. A mulher não reagia a nada, ela só via o infinito. No turbilhão de sua totalidade, ele penetrou sexualmente a mulher. Quando teve seu orgasmo, a felicidade explodiu, e pela primeira vez na vida ele sentiu PRAZER. Ao ejacular, seu sêmen a engravidou, cresceu, e ela deu à luz sua outra metade, o seu ser inteiro, em outro prisma de temporalidade. Nesse instante ele renasceu. Fisicamente, de fato, ela é minha mãe. O cachorrinho não parava de latir e uivar. Ele pensava que o homem estava matando a sua dona.

O mesmo sentia Maria Eulália, sua filha. Ela trabalhava como prostituta no cais de Santos e, na volta, não encontrou sua mãe Benedita no barraco. Ela sabia que a mãe alzheimer tinha o costume de ir ao topo do monturo ver o infinito na poltrona esfarrapada. Chegou lá e viu a mãe sendo estuprada por um tarado. Procurou um galho forte para bater na cabeça do canalha, mas não encontrou. A única coisa que lhe ocorreu foi se entregar ao canalha, e ele deixar sua mãe. Talvez até não as matassem. Tirou a roupa e se aproximou nua do agressor. Ele sentiu sua proximidade. Virou-se e viu a MULHER. Levantou-se de cima de a mãe e se ajoelhou diante da Mulher e lhe beijou os pés. Pela primeira vez via UMA MULHER. Abraçou-a com tanta devoção que Maria Eulália sentiu as ondas do amor. Beijou-a e fez carinhos com tanta delicadeza que ela relaxou e não sentiu medo, mas volúpia. Fizeram amor uma, duas, três e mais vezes que Maria Eulália se esqueceu do profissional e se entregou com tudo. O cachorro continuava latindo.

A MÃE

Amanheceu e os três olhavam o nascer do sol com muitas cores e ouviam o chilrear dos pássaros. Depois do estupor de plenitude, ele convidou mãe e filha para morarem com ele. Falou de seu amor, e elas aceitaram. Meio bêbados, eles se encaminharam para o carro que estava no mesmo lugar. Entrou as duas, e o cachorrinho, pela janela. Dia de Natal. Havia vinte anos fora presenteado pelos Reis Magos com duas malas contendo milhões de dólares, agora era presenteado com três malas, uma contendo Uma Mãe, outra uma mulher e a terceira um cachorrinho chato que não parava de latir.

Parakê e Ionusê deram um abraço e se tornaram um.

20

Falar de estórias de amor é pouco. Zé da Merda instalou AMãE num quarto e colocou uma poltrona na sala, simbolizando seu trono. O cachorrinho desconfiado latia muito. Quanto a Maria Eulália, eles se entrincheiraram no seu quarto e se amaram muito, muito, muito.

Os seus auxiliares voltaram das férias de fim de ano e a faxina da reconstrução começou. Letícia Moura foi de grande ajuda, principalmente por não fazer perguntas. Começaram por um processo de higienização de AMãE e da filha, exames médicos, inclusive veterinário para o dog, compra de roupas e cuidados mais.

Todas as manhãs ele trazia dois buquês de rosas para elas e um osso para o cachorro. Um grande amor nasceu no coração de Maria Eulália.

Uma tarde ele cheirava uma flor no seu jardim. (Todos os sentidos voltaram, paladar, olfato, visão, via todas as cores, tato e vontade sexual. Enfim, um HOMEM NORMAL.) O jardineiro se aproximou e disse:

"Dr. Pinheiros, o senhor me lembra um amigo meu, o Zé das Flores. Ele cheirava todas as flores que encontrava."

Eulália ouviu e adorou o nome. Todos começaram a chamá-lo de Zé das Flores.

ZÉ DAS FLORES NASCEU e Zé da Merda foi embora.

Era tanto o amor que Zé das Flores sentia que ele queria amar a todos. Doava notas de cem reais a todos os necessitados, fundou uma casa de cachorros abandonados chamada CACHORRO JOÃO, abraçava a todos, distribuiu grana para muitas beneficências, até que foi avisado pela sua consultora e secretária Letícia Moura que o amor estava causando um rombo considerável em suas finanças. Refletiu e considerou que a caridade era um paliativo muito raso. Deveriam existir outros meios para o bem-estar da humanidade. Deixou de ser São Francisco de Assis.

Começou a dar aulas para Maria Eulália, que mal sabia escrever. Não pense no filme *My Fair Lady*, baseado na peça *Pigmalião* de Bernard Shaw. Ele não era Rex Harrison e ela não era Audrey Hepburn. Ele não queria transformá-la numa máquina de eloquência a serviço do reconhecimento das elites. Só queria transmitir o conhecimento para entender o humanismo. Ensinou-lhe história, geografia, artes, política, em suma, tudo aquilo que lhe fora ensinado em épocas passadas. Maria Eulália era muito esperta e inteligente. Em três meses já tinha uma nova pele. O amor que sentia por ele era uma inundação.

AMÃE ficava olhando o universo. Era um portal.

Outra grande transformação de Zé das Flores foi a de Herói em Anti-Herói. O Herói não tem dualidades, tem certezas. O Anti-Herói é dual e cheio de dúvidas. O primeiro é Super-Humano, quer salvar o Mundo não importa de quê, o segundo quer transformar o Mundo, é humano até por demais. O primeiro é retilíneo e não faz cagadas, o segundo é curvo e faz cagadas, até por demais, mas as transforma.

Ao passear pelas ruas e ao ver uma mulher bonita, ele sentia uma ereção. Os hormônios, outrora dormidos, acordaram com tudo. Propôs a Eulália uma orgia com várias mulheres. Ela recrutou três profissionais de alto gabarito, essa arte ela dominava bem. A primeira e a segunda orgias foram um êxtase para ele. Para a terceira ela sugeriu acrescentar um homem. Não que gostaria de ser possuída por outro, ela pensou que, com esse gesto, seu tesão seria aumentado. Mas a reação foi outra. Pela primeira vez na vida Zé das Flores sentiu CIÚMES. Ciúmes e sentimento de posse. Envergonhou-se. O EROS absoluto pode levar a TÂNATOS, A MORTE. Mas o que ele sentia mesmo é que não queria dividir Eulália com ninguém.

Mas houve uma transgressão. Uma vez que eles estavam transando em seu quarto, Letícia entrou abruptamente para transmitir uma mensagem ao Zé das Flores. Envergonhadíssima, balbuciou desculpas.

"Junte-se a nós", ele convidou.

"Só se for com a permissão de dona Eulália."

Permissão concedida, ela tirou a roupa e foi devorada pelo Zé das Flores. Eulália ficou muito excitada e logo em seguida lhe devorou também. Exausto, ele perguntou para Letícia:

"Qual é a minha nota hoje?"

"Um vulcão. Dez com louvor. Adorei, mas quero deixar claro que esta foi a última transa entre nós. O sexo pode atrapalhar o trabalho, que é meu objetivo. Mas quero agradecer a vocês por esse banho de sensualidade."

A paz sempre reinou naquela casa.

Agora quanto ao paladar. Engordou dez quilos em um mês. Adorava pasta, mas era muito exigente. Tinha que ser ao ponto, e o molho do espaguete ou de qualquer outra massa precisava ser o mínimo, mas que impregnasse de sabor o conjunto. Também o sushi, a cozinha japonesa e a italiana eram mínimas, *less is more*. Mas comia de tudo, menos carne. E sorvetes e doces. O cafezinho nem se fala. Preferia o de maquina, curto, denso e instigante.

Mas não achava graça em fumar cigarros.

Quanto a cores. Assistiu dez vezes ao filme ... *E o ventou levou* na televisão. Clark Gable e Vivien Leigh, cinco vezes *Pierrot le fou*, de Godard, com Jean-Paul Belmondo e Anna Karina. E muito mais. Reviu seus livros de pintura, compreendia muito mais os pintores, agora que era amigo das cores. Contratou três pintores para fazer painéis nas paredes de sua casa. Ivald Granato, Claudio Tozzi e um tal de Aguilar. Reservou uma parede para ele mesmo pintar. Quando acabaram, os três pintores foram apreciar o trabalho de Zé das Flores. Ficaram mudos. Seu painel era bem mais audacioso do que os deles.

A música permeou toda a sua casa. Tudo o que Pedro e Nelson lhe ensinaram se tornou uma emoção de pele.

Tudo isso junto de Eulália. Sempre. E até O Cachorrinho Que Latia Muito se tornou seu amigo. Quando ele ouvia música de olhos fechados, o cachorrinho pulava na poltrona e lambia seu rosto.

Zé das Flores surfava na sua onda de indulgências, seguindo o ditado de William Blake: "O caminho do excesso leva ao palácio da sabedoria".

Mas ele estava arquitetando grandes planos. GRANDES PLANOS.

Eulália

21

Os planos de Zé das Flores eram modestos. Queria apenas transformar o mundo através da existencialização, do cair dentro, de uma nova percepção epidérmica do mundo, através de uma revitalização da memória e de uma amplitude de conhecimentos adquiridos por meio de uma nova tecnologia abrangendo a realidade virtual, a realidade aumentada e a neurologia. Só isso. Isso se daria por partes.

O cinema, como todas as artes, foi o primeiro a despertar de uma sensibilidade externa através do movimento. Um dos primeiros filmes dos irmãos Lumière, o trem chegando à estação, provocou a fuga da plateia pelo medo do atropelamento. Para a plateia isso era uma realidade

Porque nunca viram isso antes. Depois descobriram que não era real. Mas naquele momento era REAL. Zé das Flores se fixou nesse sentimento inicial para o desenvolvimento de seu projeto. Atrelado ao entretenimento e ao teatro, o cinema era mesmo uma novidade e uma diversão externa. Mas com o expressionismo alemão de *Metrópolis*, de Fritz Lang, o *Encouraçado Potemkin*, de Eisenstein, se juntaram a pintura de angústia (*O grito*, de Munch), e o cinema cresceu e se tornou independente. Com o som, o cinema deu um salto de independência, mas ao mesmo tempo se tornou mais doutrinário. O Estado percebeu essa imensa fábrica de publicidade e os grandes estúdios e financiamento condicionaram essa forma de propaganda Era um excelente amortizador de questões sociais. Com as cores, o Cinemascope, 3-D, ir ao cinema era fugir da realidade para outra bem melhor ou, por outro lado, mostrar as desigualdades da sociedade.

Mas uma coisa Zé das Flores percebeu. A cadeira do espectador era o trono do observador. Na física relativista e na quântica, não existe observadores, espectadores. Se você estiver presente, sua presença se agrega e muda o comportamento dos átomos.

Zé das Flores queria criar um "cinema presencial".

Seu projeto se desenvolveria em três etapas.

Etapa imediata

(Com tecnologia já existente ou a serem aprimoradas.)

Utilizar a tecnologia da realidade aumentada e da leitura dos algoritmos de dados do usuário desse programa.

A realidade aumentada consiste na emissão de imagens em um determinado lugar.

Nesse primeiro projeto, Zé das Flores desenvolveu acontecimentos virtuais adequados para várias cidades. Exemplos: Em Paris, passeando pela cidade, numa esquina tem uma cadeira onde está sentada uma personalidade atemporal, pode ser poetas como Baudelaire, Verlaine, Rimbaud, ou escritores como Stendhal, Victor Hugo, ou da modernidade (daí pagando royalties para os herdeiros), como Sartre, Camus, filósofos como Descartes ou Voltaire, pintores como Van Gogh, Toulouse-Lautrec, Gauguin, Monet etc., mulheres como Mata Hari, Colete, políticos como Danton, Robespierre, general De Gaulle, reis como Luís XIV, XV e XVI, o imperador Napoleão etc.

O consulente, a pessoa que vai participar desse chat com os imortais, apresenta sua carteira de identidade para um scanner e todos seus dados são configurados, local de nascimento, idade e pesquisas em suas redes sociais. O algoritmo consegue traduzir sua vida melhor do que ele mesmo, e joga essas fontes de dados para a voz do imortal. Qualquer que seja a língua do participante, o imortal vai falar nessa língua. Por exemplo, Robespierre falando com um japonês: "Salve Matsuo, você realizou uma grande viagem de Tóquio e está em Paris há três dias num belo hotel da Rive Gauche. Hoje, no café da manhã, você se deliciou com café au lait e brioches na manteiga. Como vai sua filha Keiko, soube que ela vai se casar no mês que vem. Você é um grande professor e gostei muito de sua tese sobre a Revolução Francesa. Mas tem alguns erros que gostaria de te elucidar". E Robespierre lhe explica as condições de vida social da época e as lutas entre facções pelo poder. Fala e responde às perguntas de Matsuo por trinta ou quarenta e cinco minutos, dependendo da escolha de tempo de Matsuo. Assim acontece as sessões com os demais imortais escolhidos pelos participantes.

Na Inglaterra se falaria com Shakespeare, Oliver Cromwell, Henrique VIII, Ana Bolena, Oscar Wilde, rainha Vitória, Churchill, William Blake ou quem você quisesse. Na Alemanha, Goethe, Friedrich Nietzsche, Wagner, Leibniz, Martinho Lutero, Espinosa etc. Na Itália, Dante, Marco Polo, D'Annunzio, Vittorio De Sica, Fellini, Totò etc. No Brasil, dom Pedro I e II, Carmen Miranda, Getúlio Vargas, Guimarães Rosa ou o Noel Rosa. Na Argentina Evita Perón, Carlos Gardel, Astor Piazzolla ou Juan Manuel Fangio. E assim por diante em todos os países.

Etapa intermediária

(Com tecnologias conhecidas ou a serem aprimoradas.)

Nessa etapa, é necessário o uso de óculos de realidade virtual e filmagem de cenas externas compatíveis com o cenário da época e com o personagem imortal em questão, e a adequação virtual do participante na ação.

Exemplos: Depois de um chat com o participante, Shakespeare o convida para um passeio em Londres e Stratford-upon-Avon, a Londres do século XVI. Caminham por poças de água, dão esmolas para mendigos, culminando com a chegada ao Globe Theater, onde eles assistem a *Hamlet* e assim por diante. Outro exemplo: Noel Rosa se apresenta ao participante e o convida para tomar umas cervejas num bar da Vila Isabel, e leva seu violão e canta várias canções enquanto um bloco de carnaval desfila em frente do bar em pleno Rio de Janeiro dos anos 1930. Com Mark Twain você passeia no rio Mississippi em companhia de Tom Sawyer e

Huckleberry Finn. Ao mesmo tempo que o imortal sabe de suas preferências através dos algoritmos recebidos, ele responde a todas as suas dúvidas.

Não seria incrível você ser amigo pessoal desses gênios?

Esse processo é custoso, requer construção de cenários e contratação de atores e atrizes, uma grande equipe. O projeto de exibição deve se adaptar às condições dos locais. Uma cadeira numa calçada, se o sucesso for alcançado, pode ocasionar filas imensas, talvez o melhor fosse teatros ou cinemas com assentos reclináveis.

Agora se apresenta a etapa final, a cereja do bolo, a joia da coroa.

Etapa final

(Tecnologias desconhecidas a serem criadas.)

Essa etapa é o grande salto quântico. As primeiras são continuações de uma linguagem cinematográfica em virtualidade, onde o participante ainda possui o trono do espectador absoluto. Ele sabe que ainda é um entretenimento, que pode sair a hora que quiser. Aqui ele cai dentro na totalidade. Não tem roteiro. Ele está dentro do acontecimento. Seria como uma viagem de ácido lisérgico, mas com uma âncora que lhe permitisse voltar. Não estaria focada na subjetividade individual, ele poderia ser outras pessoas além dele mesmo. Uma gama de possibilidades imensas, ele próprio ser Abraham Lincoln ou Michelangelo.

Exemplo: Não usaremos mais o nome de participante, nesse estágio seria o viajante. O viajante quer ser Buda. Sim, tem vários passos. Primeiro ele ouve dizer de um homem iluminado chamado Sidarta Gautama. Ele o procura e é aceito como discípulo, ouve os sutras ou discursos do Buda e os compreende e os existencializa, e daí pode se transformar nele, se quiser. Na viagem ele tem o livre-arbítrio de ser e fazer o que escolher. E também de voltar da viagem, graças ao mecanismo de ancoragem embutido no programa. E não haveria atores ou cenários. No aprendizado do viajante, ele conheceria as mensagens do Buda no local onde ficaria a sua comuna, e através dessas informações ele criaria todos os personagens e cenários, podendo escolher em cair dentro e ficar iluminado ou apenas ir embora. E O VIAJANTE VAI SENTIR TUDO. Cansaço, Prazer, Fome, Raiva, Alegria, Odor, Tato, Paladar, Sensualidade, Enfado. Vai poder cheirar as frutas e segurar sua tigela de comida.

Zé das Flores usou o princípio da meditação indutiva. A indução é realizada em incontáveis sites de autoajuda, mas é uma indução primária de duração mínima, porque utiliza comandos, faça isso, faça aquilo, senta desse jeito, o célebre relaxe ou te dou uma surra. A melhor indução que ele descobriu foi na meditação de vidas passadas. Exemplo: você está passeando no seu carro e sente vontade de sair da cidade. Pega uma estrada vicinal que sobe para uma montanha. A noite está maravilhosa e de repente você descobre um atalho que te chama. Você para o carro e começa a subir o atalho usando uma lanterna portátil. O vento sopra nas folhas das árvores e você sente uma grande paz. No meio do caminho descobre uma entrada numa rocha, que é a abertura de uma caverna. Tranquilo, entra na caverna e o ar é fresco e revitalizante. Caminha e caminha até vislumbrar uma luz. Segue em direção a ela. É a saída da caverna. Chega lá fora e é dia. Você chegou em sua vida passada. A primeira coisa que faz é olhar suas mãos para verificar se é homem ou mulher, criança ou adulto. Daí a imaginação corre solta. Tem uma infância feliz ou infeliz, pais bons ou maus, é um grande caçador ou artesão, se apaixona por uma linda mulher, casa,

Zé das Flores

tem filhos, vai para a guerra, recebe uma porretada na cabeça e morre. Você cria ou vivencia a estória que quiser, a imaginação é que dá a cor e a vida dessa vivência, e o importante é o momento de sua morte, daí volta ao seu mundo e descobre que nunca mais teve enxaqueca. O PRETEXTO VALE MAIS DO QUE O TEXTO.

Mas desde o começo da viagem até a volta existe um ritual de enraizamento chamado âncora. Na ida, o processo é um fio luminoso que nasce de seu dorso e se infiltra no solo, até se amarrar numa rocha no meio da terra. Na volta é o desenrolar desse luminoso até dentro de si, e você está liberado. Todas as cerimônias que envolvem uma viagem ou possessão, como a da ayahuasca ou do candomblé, começam e terminam com o ritual da ancoragem.

O que ele pretendia era uma imersão de conhecimentos ligados a uma amplitude existencial, conhecer e compreender e até ser o outro através de suas escolhas de etnias e cultura. Um processo de humanização nunca experimentado.

Mas, mas, mas, ainda era *science fiction*, porque não existia nenhuma tecnologia para fazer isso acontecer.

22

Pensamento de Zé das Flores.

A Dona Empatia tomou conta de mim. Antes tudo era mais simples. Pão, pão, queijo, queijo. A necessidade da sobrevivência e da compreensão. O entendimento foi fundamental porque quebrou a volta do bumerangue, a lei do carma. Se você fizer dano a alguém, esse dano voltará para si mesmo. Isso eu percebi sem a ajuda dos sentidos, e o prazer estava condicionado ao conhecimento dos porquês. Eu fazia parte de uma minúscula tribo de diferentes. O porquê mais importante que a posse. Ela é um rio que te afoga. O significado é um barco que você navega no rio. As letras impressas nos jornais velhos me salvaram, eu, Zé da Merda, o mais abjeto, o bicho, o não humano. O presente dos Reis Magos foi a chave da sobrevivência, a transformação do bicho no homem. E isso não poderia falhar, nenhum erro. Como sair do casulo e virar uma borboleta incolor. Doloroso e imprescindível estar no momento, ser sempre um espectador de si mesmo e dos outros. O fracasso foi ter saído da marginalidade da necessidade absoluta e tentar ser elite. A pele é diferente. Aquele que é ninguém não pode ter a pele de ALGUÉM. Aquele que não pertence não é igual ao que pertence. O fracasso de sua tentativa estava me levando ao destino primeiro, o da extinção. Até que encontrei AMÃE. E PERTENCI.

TUDO ME FOI DEVOLVIDO. OS SENTIDOS, AS CORES, O PRAZER FÍSICO, O ODOR, O AROMA. TUDO ISSO VEIO COM A DONA EMPATIA, QUE TROUXE OUTROS PRESENTES.

Agora eu sou um bobão. Como demais, bebo, faço amor com minha amada, sinto culpa porque eu tenho dinheiro e os outros não, tenho dores aqui e ali, o cachorrinho que late muito me lambe a cara, AMÃE fica olhando o infinito e peidando, a ESPOSA cuida de mim. Agora eu tenho os prazeres, e um deles é criar uma nova arte de percepção.

A vida do Zé da Merda era uma tragédia. A vida do Não Pertencido é uma tragédia.

A vida do Pertencido é uma comédia. A MINHA VIDA AGORA É COMÉDIA.

COMÉDIA

Esqueça aquele Zé da Merda autista que decorava todo o *Macbeth* de uma leitura só. A sua mente não era distraída por odores, cores, vontades, conexões, identificações. Ela tinha um poder de memorização enorme sem essas distrações. Ou de aprender linguagens com facilidade. Com a epifania de AMÃE, o autismo diminuiu num estágio quase normal.

23

A equipe de Zé das Flores

1) Johnny Dada e Letícia Moura

O novo namorado de Letícia Moura, vinte e cinco anos, alto, magro e branco. Hacker. Entra em programa de computação, decifra senhas e códigos com facilidade. Poderia ser contratado por qualquer agência de inteligência de qualquer país. Mas ele nunca trabalhou para ninguém. Incorpora personalidades de tribos urbanas. Não como teatro, mas como mergulho existencial. Ele é o que incorpora. As vezes ele é A Johnny Dada e Letícia é O Letícia Moura. Nesses momentos eles se identificam e são o sexo oposto. Ele se transveste com vestido, maquiagens e salto alto. Já foi da tribo dos emos. Manca um pouco da perna esquerda devido a um acidente de motocicleta quando era da tribo dos Hell's Angels do bairro da Mooca, em São Paulo. Tem cicatrizes de brigas quando era da tribo dos Punks. Seu currículo é extenso. Decidiu trabalhar com Zé das Flores porque achava seu objetivo o mais absurdo que conheceu.

Letícia Moura era a grande produtora do Plano. Nada era exequível sem ela. Agora, apaixonada por Johnny Dada, mergulhou de cabeça.

2) Auro Flecha

Um metro e setenta de altura, forte, negro e judeu. Saiu da Etiópia e chegou a Israel em 1984, com catorze anos, e se mudou para o Brasil em 2000. Casou-se e tem três filhos. Mesmo seguindo a lei da Torá, viu-se atraído pelo candomblé e tornou-se filho de Oxalá. Ecumenista, psiquiatra e neurologista. Conheceu pessoalmente o neurologista americano Oliver Sacks numa conferência em Tel Aviv no fim dos anos 1990. Ficou fascinado com os mistérios da mente. Conheceu Zé das Flores através de Letícia Moura. Auro lhe explicou a dificuldade de criar um aparelho de autoindução neural para possibilitar o enredo pessoal da viagem. Ele se interessou de imediato, porque era quixotesco, tanto que seus amigos o chamavam de Quixote. A procura do impossível era seu prato do dia.

3) Gagaliam e A Sacerdotisa

Gagaliam da Silva recebeu seu nome porque seu avô adorava o cosmonauta soviético Gagarin e sua mãe idolatrava o vocalista da banda inglesa de rock Oasis, de Liam Gallagher. Metade um, metade outro, foi chamado de Gagaliam. Trinta e quatro anos, alto, moreno, barbudo e cabeludo. Amigo de Johnny Dada, que o apresentou a Zé das Flores. Ele ficou fascinado pelos filmes de Gagaliam porque a imagética era tão forte que o conteúdo já acontecia revelado. Zé lhe revelou seus planos de filmagem em que o ator principal era irrelevante, o que importava eram os coadjuvantes e a paisagem. E o próprio script estaria no cérebro do participante. Se você fosse encarnar Buda ou Freud, o importante era visualizar o momento da história junto com incentivos e informações orais, visuais e sensoriais que ajudariam o participante a criar o seu próprio enredo. Ele topou em seu nome e da sua mulher, que detestava falar seu nome. Ela acreditava que o nome próprio tinha poderes mágicos que se perderiam caso fosse conhecido. Ela respondia pela alcunha de A Sacerdotisa. Ela era uma grande tradutora de oráculos, do tarô ao I-Ching e muitos outros. Esotérica, mas tinha os pés no chão. Seria uma grande ajudante de Letícia na produção. Estudiosa de ervas e aromas, criaria a indução olfativa para o programa. A pedido seu, foi omitida sua idade e compleição física.

4) Sergius Barra Funda

Músico de vanguarda, maestro, estudioso de Erik Satie, John Cage e Hans Joachim Koellreutter e grande performer. Branco, estatura mediana, quarenta anos de idade. Amigo de Gagaliam. Zé das Flores gostou muito dele e lhe explicou que precisava de induções sonoras musicais da época dos personagens. Ele aceitou.

5) Vulgus Marxciano

Doutor em História e Antrologia, um dos grandes inovadores da reescrita da História sem a tutela dos vencedores e dos brancos ocidentais. Seu bisavô, anarquista, morreu na Guerra Civil Espanhola. Trinta e um anos, um metro e sessenta de altura, branco, às vezes barbudo, mas sua face lembra a de uma criança. Inteligência fora da curva. Para cima.

6) Zé das Flores

Trinta e nove anos, um metro e setenta e cinco de altura, cor acobreada, e Maria Eulália Santos, vinte e três anos, cor parda, um metro e sessenta de altura.

Aliás, Zé das Flores explicou a todos que não eram trabalhos autorais de linguagens.

A equipe toda: Zé das Flores, Maria Eulália, Johnny Dada, Letícia Moura, Auro Flecha, Gagaliam da Silva, A Sarcetotisa, Sergius Barra Funda, Vulgus Marxciano. Nove pessoas.

Pacto do grupo

Todos assinaram um documento legal chamado Pacto do Grupo. Este consistia em vários itens:

1. Todos os trabalhos, realizações e reconhecimentos, softwares e ganhos monetários pertenceriam ao grupo, sua assinatura sempre seria O Grupo, uma individualidade coletiva.

2. O Grupo compromete-se a nunca vender seu trabalho para qualquer corporação, e sim participar de seus lucros como sociedade. A partilha seria feita nesta ordem:

- 50% dos lucros seriam destinados para o bem-estar de populações, independente do credo político, nos quesitos alimentação, moradia, saúde, educação, para todos. Seria criado um Board ou Fundação para distribuir os bens segundo o critério da ONU.
- 40% dos lucros seriam destinados a corporação ou corporações que assinarem acordos com O Grupo.

- 10% dos lucros seriam destinados igualmente aos integrantes de O Grupo.

O dr. José Lourenço de Almeida abre mão do retorno de seu capital inserido nas elaborações dos trabalhos de O Grupo, recebendo o mesmo percentual dos demais membros de O Grupo.

3. Fica terminantemente proibida a utilização do invento para propagandas políticas, discriminações raciais, vendas de produtos comerciais e valorizações pessoais ou históricas sem lustro humanitário.

4. Todos os projetos serão estudados por um Comitê de Aprovação designado pelo O Grupo.

Zé das Flores achou importante definir a ideologia do grupo. Pela história recente, ele presenciou os gênios da computação sendo comprados pelo capital. O nascimento da internet e do próprio computador portátil era recheado de idealismos. Os gênios da garagem (aonde a arte da computação foi criada), como Steve Jobs, Steve Wozniak, Bill Gates e outros, desenvolveram seus projetos tendo como princípio seu uso gratuito e comunal. Um dos usos iniciais da internet era a comunicação de diversas comunidades hippies entre si. Mas a indústria e o capital compraram, abocanharam tudo.

Eles tornaram-se bilionários e ao mesmo tempo os maiores filantropos. Aquele que se enriquece por idealismo tem que dividir. Apaziguar o complexo de culpa ou a famosa maldição do Tuticamon cyberpunk. Ou divide ou é devorado.

24

Ação

Depois de muitas discussões, o grupo achou a etapa intermediária desnecessária. Poderia pular essa etapa. A empatia dos mestres em relação ao participante através da leitura dos dados do participante coletados na internet sobre seus interesses já abriria uma grande brecha para a viagem final na terceira etapa. A primeira etapa seria a mais simples, com a genialidade de Johnny Dada desencavando as preferências pessoais do participante adequadas à fala dos mestres, a seus esclarecimentos. Mesmo assim a produção seria complexa, como a pesquisa de sua vida e seus feitos, a filmagem do ator, a adaptação de vários idiomas e o seu diálogo, adequando os dados do participante. Mas isso poderia ser feito com muito trabalho.

O pulo para a terceira etapa era muito grande, já que não existia um aparelho de autoindução neural, objeto de procura de Auro Flecha.

Primeira sugestão de atuação seria o Brasil, com personagens como Zumbi dos Palmares, Machado de Assis, Oswald de Andrade com seu Manifesto antropofágico, Mário de Andrade com seu anti-herói Macunaíma. Mas o Brasil era governado pela extrema direita e avesso à cultura. Pensou-se na Argentina, mas a decisão final foi a Europa, começando pela França.

Maria Eulália e Letícia alugaram um amplo apartamento situado na Rive Gauche. A gangue foi bem instalada. Instituiu-se uma semana de passeios por Paris, bistrôs e museus, mapas e metros, estórias e perambulagens. Depois a ação.

Foram escolhidos três personagens franceses:

1) Charles Baudelaire, o pai da poesia moderna, um flâneur, um errante conhecedor das ruas de Paris, vai dialogar com os participantes da primeira etapa, recitando e explicando sua grande obra *As flores do mal* e sugerindo as errâncias a pé pela cidade.

2) Georges Jacques Danton, controverso líder da Revolução Francesa, vai descrevê-la em detalhes para os participantes e discutir com eles, desde a luta dos jacobinos e os sans culottes contra os girondinos, a tomada da Bastilha e a execução do rei, até sua raiva contra Robespierre e sua última visão da guilhotina caindo.

3) O bordel de Madame Paulette. Madame Paulette é um personagem fictício. É uma mulher jovem de vinte e sete anos e seguidora dos filósofos iluministas Montesquieu, Diderot, Voltaire e Rousseau, que acredita que a liberdade sexual é um fator revolucionário e libertador da tirania patriarcal. Recrutou as mais belas jovens de todas as classes sociais e as doutrinou na teoria

pré-Wilhelm Reich da libertação sexual. Isso incluía o prazer junto com a consciência, através da comunicação empática com os clientes. Eram as precursoras das terapeutas sexuais. Elas eram ensinadas a oferecer o prazer sem se transformarem em mercadorias do desejo. Elas se transformavam em amigas e consulentes dos clientes, dando conselhos e gratificação. Posicionavam-se como amigas, e nunca como amantes. Quando os clientes se apaixonavam, elas desmontavam esse sentimento, sublinhando sua qualidade como amigas; sua profissão era ser amiga e não mercadoria. Quando insistiam, eles eram excluídos do bordel. O afeto, a amizade e a cumplicidade eram muito mais fortes que a introdução de um pênis numa vagina A participação de Eulália nesse projeto foi fundamental, já que foi sua primeira profissão. Também existiam terapeutas homens, homens para mulheres, homens para homens,mulheres para homens, mulheres para mulheres e mais outras gamas. Requisito único para terapeutas: ser maior de idade. Também existiam sessões de iniciação de adolescentes ao sexo. Eram excelentes mestras em enfatizar o desejo como empatia e ternura, muito mais gratificantes do que uma ejaculação de posse. O bordel de Madame Paulette atravessou épocas com sucursais em todos os países. Metade dos recursos eram destinada à emancipação da mulher e da sociedade. Era uma sociedade secreta e feminista, que só hoje se soube de sua existência. O início do movimento feminista.

Para a Inglaterra o início seria William Shakespeare e a época elisabetana. Para a Itália, Dante Alighieri. Alemanha, Goethe, Espinosa e Nietzsche. Espanha, Cervantes. Portugal, Fernando Pessoa. Rússia, Dostoiévski. No Japão, Bashô. Na China, Lao Tsé. Nos Estados Unidos, Walt Whitman e Bob Dylan.

O grande teste era subjugar a pretensão em favor do possível. Para Gagaliam e A Sacerdotisa, era digno dos trabalhos de Hércules, como para todos os demais. ERA TRABALHAR NO ESCURO PARA TODO O GRUPO. Gagaliam escolheu intérpretes para os papéis principais e seus esboços de discursos, e também filmava detalhes como caminhos, casas, o absinto verde no caso de Baudelaire, os figurantes da Revolução, as anáguas das moças do cabaré, infinitos detalhes de indução. Mas na primeira etapa ele dependia da interação dos discursos de Baudelaire, Danton e Madame Paulette com o banco de dados dos participantes para a interação entre eles. Era um grande material acumulativo, além da participação de dezenas de extras. A Sarcedotisa procurava olfatos da época, como aromas de vegetação, óleos dos archotes e da iluminação, cheiros de comida e até dos corpos sem higiene. Vulgus Marxciano trabalhava com o Ideólogo (Zé das Flores) na literatura, história e costumes, e na elaboração dos diálogos. Sergius Barra Funda mergulhou nas canções e nos ritmos, e surgiu uma surpresa: MARIA EULÁLIA. Ela teve aulas de canto, revelando-se uma excelente cantora. Em Danton, sua interpretação de "Ça Ira" (ÇA IRA, ÇA IRA, LES ARISTOCRATES À LA LANTERNE) e da *Marselhesa*, além das canções de cabaré de Madame Paulette foram excelentes. Ninguém sabia o que se passava no quarto de Johnny Dada, de seu trabalho, avanços e retrocessos. Letícia Moura trabalhava na produção e assistia à saída de rios de dinheiro. Mas o apartamento da Rive Gauche era uma usina. Uma comuna. Numa comuna, a criatividade de cada um se soma nas criatividades de todos. Uma lente de aumento.

Todas as missões eram complicadas. Mas a de Auro Flecha era a maior. COMO CONSTRUIR UM APARELHO DE INDUÇÃO NEURAL?

Auro estudou acupuntura em São Paulo, com Mestre Jô, chinês descendente de mandarins. Acreditava ser possível criar uma traquitana cheia de eletrodos e à base de choques elétricos sutis em cada ponto do corpo que regulariza as funções dos órgãos, de acordo com a acupuntura. Tentou mas nunca deu certo. Era quase impossível definir a voltagem, e esses eletrodos nunca poderiam substituir as agulhas aplicadas. Descobriu que o toque do terapeuta na inserção da agulha no paciente possuía metade do efeito na ação da agulha no corpo.

Zé das Flores conversou com dr. Jô e este lhe passou a mão na cabeça como se ele fosse um menino de oito anos. Ficou fascinado ao encontrar Zé das Flores. Um aparelho de indução neural sugerindo ao participante uma viagem de conhecimentos e consciências, com um dispositivo de ancoragem, seria a invenção do século. Teria múltiplos usos. Poderia induzir o próprio corpo a reagir a doenças, criando auto-antídotos. Sua aplicação poderia ser um campo de estudos imensuráveis. Ele acreditava em tudo isso, mas faltava um detalhe fundamental. A liga que faria a sugestão do incentivo elétrico interagir com o corpo e a mente não era uma simples pomada. Seria o CONDUTOR, A ABERTURA DO PORTAL. Seria para a acupuntura clássica como o toque da inserção da agulha, um intercâmbio de forças. As sincronicidades para que isso acontecesse eram muito amplas. Não era à toa que Auro Flecha era chamado de Quixote.

Johnny Dada era um JOKER. Quando eles saíam para seus passeios, ninguém distinguia quem era um e quem era outro. Um dia em que Letícia e o Ideólogo conferiam itens da produção, a campainha tocou. Era uma mulher de meia-idade que disse ter sido contratada por um tal de Jean Duda para fazer a limpeza do apartamento. Trabalhou a tarde inteira até receber seu salário e ir embora. Somente Letícia sacou, através de um sorriso maroto para a diarista. Outra vez, quando o Ideólogo saía do museu do Beaubourg, ele foi assaltado por dois tipos mal-encarados de motocicleta. Eles o jogaram no chão e lhe roubaram a carteira. À noite, contando o acontecimento para o grupo, Johnny Dada falou: "Ah, encontrei sua carteira na rua com todo o dinheiro e documentos". Zé das Flores ficou puto.

Zé das Flores amava Eulália e as aventuras, e Eulália amava Zé das Flores e as aventuras. Pareciam dois idiotas adolescentes *in love*. Saíam para comer e beber vinho em bistrôs e pequenos restaurantes. Depois do cafezinho, Eulália cantava a cappella canções, desde cantos persas antigos, músicas normandas, até as de Édith Piaf. Muito aplaudida. Ela reproduzia o que estava aprendendo para sua missão e ao mesmo tempo para as invenções de Sergius Barra Funda, que, algumas vezes, a acompanhava ao piano.

Após três meses, Eulália e Zé das Flores voltaram para visitar AMãe. Esta estava olhando o infinito, e um sorriso tênue se desenhou no seu rosto impassível. Ela foi muito bem cuidada pelas cuidadoras. O Cachorrinho Que Latia Muito explodiu em felicidade. Corria pela casa toda em alta velocidade, dava cambalhotas no ar e à noite dormia na cama deles, enchendo o rosto de Zé de lambidas. Zé das Flores adorava sentar ao lado do trono de AMãe e olhar para o infinito. Aquilo lhe devolvia uma tranquilidade absoluta e lhe conduzia ao Aqui e Agora. Dessa vez AMãe voltou com eles, e também O Cachorrinho Que Latia Muito.

Ao chegar a Paris, Eulália alugou o apartamento em cima do deles. Era necessário pela vinda dos novos hóspedes e da quantidade absurda de livros que Vulgus Marxciano tinha comprado e pelo armazenamento do material realizado. E o trono de AMãe foi posto no meio da sala, com vista para o céu.

A primeira sessão projetada com todos os incrementos de indução para todo o grupo foi comovente. O trabalho de Gagaliam era de uma antena radical. Apesar de não ter o aparelho de indução neural, dava para sentir os pés nus andando pelas pedras das ruas da cidade, a maré de pessoas aclamando Danton, os archotes, as vestimentas, combinadas com os cheiros que A Sacerdotisa adaptou, cheiros de fumaça, comida, aromas rançosos, acres, doces, que dialogavam com as cenas, os copos de absinto nas tabernas de Baudelaire, as roupas íntimas das cortesãs revolucionárias, o perfume exalante de suas roupas, as cenas sugestionadas dos corpos das mulheres erotizavam mais do que uma exposição de um coito, as músicas de época do volume mínimo ao máximo, os cantos de Eulália, e o enredo sugestionado por Vulgus Marxciano criavam uma rede não racional que dizia mais do que os volumes de História. O pessimismo subterrâneo passou a ser uma certeza bem-vinda. Os atores de Danton, Baudelaire e Madame Paulette eram muito bem dirigidos. Foi uma noite de queijos e vinhos inesquecível.

Auro Flecha voltou de suas pesquisas da China e do Japão. Teve reunião com os maiores entendidos da medicina chinesa e da acupuntura. Uns acharam o projeto uma bobagem, outros se admiraram de sua ousadia, achando-o quixotesco. o que fazia jus à fama de Auro Flecha. Este ficou uma semana com O Grupo e refez as malas para iniciar outras pesquisas junto aos lamas curadores do Tibete.

25

Nove meses de Rive Gauche. Numa manhã chuvosa, Johnny Daga, vestido de samurai, irrompeu no café da manhã (*le petit déjeneur*) e gritou:

"EUREKA NASCEU, EUREKA NASCEU."

Eureka era um aparelho ligeiramente maior do que um projetor de imagens, contendo duas funções: o de projetar uma realidade virtual e o de leitura magnética de cartões como células de identidade. Explicou seu funcionamento e sua condição de inviolabilidade. Sua central de interação consistia na frequência de um caroço de uva dentro de uma pequena caixa de metal à prova de raio X. Mesmo com uma nova técnica invasiva, o caroço virava pó e seria impossível determinar o que tinha sido antes.

Isso daria uma enorme vantagem ao Grupo, segundo Johnny Dada. Com todo o avanço da tecnologia, levaria ao menos dez anos para descobrir o seu segredo.

Mais tempo para adequar o sistema com as vozes em muitos idiomas. Mais cem dias e a menina Eureka estava pronta para andar. Muitos testes, e uma das brincadeiras preferidas se revelou um tesouro. A brincadeira era de falar consigo mesmo, discutindo em frente de sua imagem, e o absurdo era que a imagem era mais sábia e sempre tinha razão. Ela tinha mais dados do que você sobre você mesmo. Originou-se assim um programa de terapia sem o terapeuta, ou você como terapeuta e o paciente você mesmo. Terapia de casal foi um sucesso. Esse procedimento baseado numa brincadeira do Grupo se revelou um dos mais bem-sucedidos no futuro.

Esse processo não funcionou com O Cachorrinho Que Latia Muito. Filmaram-no e projetaram sua imagem em 3-D na poltrona-tela. Ele ficou louco. Avançou na poltrona, rasgou seu estofo e latiu a noite toda. Ele não admitia nenhum outro cachorro naquela casa, mesmo sendo gêmeo. Na manhã seguinte, quando Zé acordou, ele estava dormindo nas suas costas.

Engana-se quem pensa que o programa enaltecia o nacionalismo ou uma característica de superioridade de uma nação. Isso seria uma visão cronológica. Quando se está num acontecimento, você desconhece o futuro. O que motiva o real é a fome e a exclusão. Isso ficou claro em todas as obras do Grupo, o que motivaria as duras críticas das pessoas conservadoras no futuro.

Realizaram os três projetos franceses e se mudaram para Londres, a fim de realizar o Bardo. Zé das Flores, Eulália, AMãe, O Cachorrinho que Latia Muito, Sergius Barra Funda, Vulgus Marx ficaram num amplo apartamento alugado em Colville Square, a duas quadras de Portobello Road, em Nottingham Hill Gate. Johnny Dada, Letícia Moura, Gagaliam da Silva, A Sacerdotisa ficaram em duas casas geminadas em Jay Mews, em South Kensington. Quando Auro Flecha se unia a eles, vindo de seus experimentos em outros países, ficava na casa do Ideólogo. Cada um adotou um codinome: O Ideólogo era Romeu; Eulália, Julieta; Gagaliam, Hamlet; A Sacerdotisa, a Bruxa do Hamlet; Auro Flecha (ausente) não poderia ser outra coisa além Quixote; Johnny Dada, Ricardo II; Letícia, Efigênia; Vulgus Marx, Calibã; e Sergius Barra Funda, Otelo. Ele tinha começado uma relação com uma cantora chamada Edith. Acabaram o Bardo em dois meses, depois de muitas noitadas nos pubs.

Foram para Florença entrevistar Dante Alighieri. O Grupo ficou em hotéis para melhor perambular pela cidade. Todos caíram na Idade Média e ficaram maravilhados. E envergonhados pela doutrina recebida da História oficial que esta era a Idade das Trevas. Total engodo. Idade da Germinação das Sementes em Luzes. Idade das Utopias. Estudar História (compreender) em temporalidade e cronologia é a maior besteira. Vivenciá-la no momento é o que eles pretendiam. Dante comandava desde o século XIII. *A Divina Comédia* inundou a todos. Aliás, o adjetivo "divina" foi acrescentado pelo seu maior tradutor cinquenta anos mais tarde, Giovanni Boccaccio autor do *Decamerão*. Inicialmente chamava-se apenas *Comédia*, e este termo não é sinônimo de bufonaria, mas significa aquilo que acaba bem ou em vez de tragédia, acaba mal. O adjetivo tira a força do texto.

Ficaram amigos de um professor toscano que lia para eles em italiano da Toscana, e as palavras entravam dentro de seus corpos e FAZIAM SENTIDO. Não era uma liturgia de poder da Igreja católica, mas sim a criação de uma utopia epifânica. Aliás, tem a influência de várias utopias preexistentes, como a dos Valdenses e Cátaros que preconizavam votos de pobreza, partilha de bens comuns e epifanias divinas e castidade. O amor platônico e casto que conduz Dante ao Paraíso foi sua amada Beatriz. Enquanto seu condutor ao inferno e purgatório foi o poeta Virgílio, o elo com a Antiguidade Clássica. Incrível a Atemporalidade! Dante Alighieri e William Blake eram irmãos. Talvez o maior utópico que influenciou Dante, ele o coloca numa das esferas mais alta do paraíso, foi JOAQUIM DE FIORE, do século anterior ao seu. O abade Joaquim nasceu na Sicília em 1202 e, como filosofo místico, criou a visão profética das Sagradas Escrituras, cujo término seria A IDADE A ERA DO ESPÍRITO SANTO. Segundo ele, existiriam três estágios ou Idades da História do Mundo. A Primeira Idade seria a do PAI, baseado no Velho Testamento, fundamentado no temor sagrado e no poder absoluto, olho por olho e dente por dente. A Segunda Idade se baseia no Segundo Testamento, o reino do amor e da sabedoria de Cristo, no qual nos encontramos até hoje. A mais revolucionária é a IDADE DO ESPÍRITO SANTO, onde reinaria a igualdade absoluta das pessoas, sem regras e instituições punitivas, o bem seria comum e haveria diálogo com o espiritual — segundo a subjetividade de cada um, e cada um seria legislador, santo ou imperador, o reino celestial na terra. A APOTEOSE DA HISTÓRIA. Joaquim de Fiore e Dante Alighieri dançavam a valsa das esferas celestiais com os pés no chão. Uma terceira luz, nesse período, foi São Francisco de Assis, que fundou as ordens mendicantes que auxiliavam os famintos e os doentes. A Igreja deu autorização para a fundação da Ordem dos Franciscanos, porque dentro de seu seio não seriam radicais. Essas heresias foram as primeiras revoluções socialistas no Ocidente. No início da filmagem tiveram um problema. Os autores para o papel de Dante eram todos canastrões, até que surgiu o ator perfeito, quase o próprio Dante, com uma entonação italiana-toscana perfeita. Só no meio da gravação é que perceberam que era Johnny Dada.

Festejaram o final de Dante tomando diversos vinhos e comendo muita pasta. Agora Alemanha.

Foram pra Weimar para cair dentro de Johann Wolfgang von Goethe. Pensaram que iam cair de dois metros, e foi preciso paraquedas. Esse tal de Goethe foi um caudal cuja influência foi minimizada, reduzindo-o ao inventor do romantismo pelas obras literárias de *Fausto* e do *Jovem Werther*. Ele foi tudo, desde estadista, místico, admirador de Espinosa, precursor de Darwin, escreveu sobre a teoria das cores, mineralogista, adepto do conhecimento universal em todas as áreas, não compactuante das especialidades do conhecimento advindas da Revolução Industrial, pelo contrário, renascentista como Leonardo da Vinci. Foi um grande gênio abafado pela propaganda nacionalista como um romântico. Fizeram um bom trabalho, o grupo, em desatemporalizar Goethe e universalizá-lo fora do contexto local.

Nesse mesmo pensamento acharam que existencializar Karl Marx na Alemanha seria um erro. Melhor seria Londres, mas por razões financeiras fizeram Marx na Alemanha. Ele não tinha nacionalidade, era apátrida.

Marx foi o trabalho magnífico de Vulgus Marxciano, que, baseado na sua tese de doutorado, norteou a criatividade de todo O Grupo. Uma sociedade sem classes, o comunismo, o trabalho, a exploração dos assalariados, a miséria, a mais-valia, o proletariado, a burguesia e a hipocrisia, os sindicatos, os métodos de luta, o Manifesto Comunista, o livro *O capital*, seus anos de penúria, a amizade com Friedrich Engels, suas expulsões de diversos países até a residência final em Londres. Tudo, tudo, ele explicava e respondia a seus interlocutores. Naqueles momentos de criatividade, todos do Grupo ficaram felizes e vermelhos.

Outro grande trabalho seria feito na América. Existe um ditado que diz que um povo vencedor é vencido pela cultura do povo derrotado. Foi o que aconteceu no fim da Segunda Guerra Mundial. A cultura japonesa invadiu a Costa Leste dos Estados Unidos, principalmente os conceitos do zen-budismo. O beatnik Gary Snyder se tornou um monge zen, Jack Kerouac escreveu *Os vagabundos do Dharma*, Allen Ginsberg caiu na meditação. O lema era VIVER O AQUI E O AGORA. Foi à Costa Leste e influenciou até a pintura de Jackson Pollock. Esse processo teve como aliado O Portal da Abertura da Percepção, através de drogas alucinógenas como o LSD, impulsionado por Aldous Huxley e Timothy Leary. O nascimento dos hippies, das comunas autossuficientes e vegetarianas, o Amor Livre e sem Posse, o Rock and Roll, bandas geniais, A Era de Aquário, o Festival de Woodstock, gênios como Jimi Hendrix, um renascimento de quatro décadas, uma utopia, que finalizaria nos meados dos anos 1980 com a epidemia da aids. Segundo as teorias da conspiração, essa doença foi criada para extinguir o renascimento que navegava contra a mercadoria e o capital.

Mas esse plano ficou para o futuro, porque a disponibilidade financeira do Ideólogo minguou. Também ficou prorrogado o trabalho sobre Baruch Espinosa em Amsterdã, o filósofo da afetividade, a grande paixão de Vulgus Marxciano, que já tinha escrito o roteiro. Vulgus ficou de mau humor por uma semana.

Seria uma tarefa grande e exigiria escrever um volume extra sobre os trabalhos e êxtases de O Grupo, realizados na China sobre Lao Tsé e sobre Dostoiévski na Rússia. Eles reviam todos os projetos, admirando a genialidade de cada um. A sutileza e o poder visual absurdo de Gagaliam da Silva, a delicadeza dos odores de A Sacerdotisa, as interpretações de Johnny Dada, as músicas envolventes de Sergius Barra Funda, a voz de Eulália, a produção que possibilitava o voo de todos de Letícia Moura, os aprofundamentos de roteiros de Vulgus Marx e do Ideólogo. Os diálogos dos mestres com os participantes inteiramente realizados. O poder de sugestão visual, sonora e olfativa para a segunda etapa, a da viagem também. O poder de sugestão de um roteiro de sugestão era muito forte, e eles sentiram na carne o convite da viagem. Mas faltava um detalhe. O aparelho de indução neural de Auro Flecha não existia. Este tinha desaparecido no mundo em suas pesquisas. Ninguém se expressou, mas um pensamento furtivo rondava a cabeça de todos: quimera.

26

Depois de um ano de trabalho e com as condições financeiras do Ideólogo descendo, com velocidade, ladeira abaixo, eles voltaram para Paris.

Onde os esperavam uma grande novidade, além da alegria insana do Cachorrinho Que Latia Muito e do sorriso que se desenhou nos lábios de AMãe. A patente do transmissor de imagens de virtualidade aumentada junto a leitura e diálogo dos participantes através da leitura de dados nas redes oficiais dos participantes, com seus consentimentos, FOI APROVADA. E receberam propostas milionárias para a compra dessa patente, começando com um bilhão de dólares. As companhias do ramo computacional sacaram um futuro de lucros irrestritos. Só que tinha um senão. Eles não queriam vender, mas participar da empresa com cláusulas pétreas a respeito dos lucros, a saber:

1) 50% dos lucros iriam para uma organização tipo ONU ou equivalente, para serem revertidos aos necessitados, independente de nações, que fossem refugiados, fugidos de guerras, populações famintas, serviços de saúde, em suma, necessidades coletivas.

2) 39,9 dos lucros seriam das companhias investidoras neste projeto.

3) 10% dos lucros seriam revertidos para seus criadores, isto é, O GRUPO.

Essa pretensão foi motivo de chacota entre os investidores. Os estatutos foram ridicularizados. Esses idealistas não entendiam nada de capitalismo. Resolveram cozinhá-los em banho-maria, ganhar tempo até que seus hackers decifrassem o sistema. O que foi impossível. O chip orgânico que Johnny Dada inventou para esse sistema é impossível de ser rastreado.

Obviamente, todos concordaram em não vender o projeto.

Nota atemporal: este simples fato da descoberta do chip orgânico mudou a história da humanidade. O chip orgânico migrou para o próprio corpo, isto é, o computador, o celular e a virtualidade caíram dentro do corpo, não sendo mais necessários aparelhos externos. Isso gerou um crescimento do cérebro e diminuição de mãos e pés. Era possível se comunicar à distância e ter acessos a todas as informações pretéritas e presentes. E escolheram viver nas águas dos rios e mares. Tornaram-se cetáceos, constituindo-se em uma nova tribo entre as demais, inclusive a dos humanos. E a ONU mudou de nome: OUT, organização das tribos unidas.

Uma coisa inexplicável aconteceu com Zé das Flores. Todas as noites ele sonhava com o nome VENERANDA. Não soube traduzir o significado da mensagem.

Uma manhã, ao acordar, acharam AMÃE olhando o infinito sentada em seu trono e com uma mala no colo. Entenderam imediatamente a mensagem, e outra mensagem mais contundente foi a constatação de Letícia Moura de que sua fortuna, tanto o presente dos Reis Magos quanto seus lucros com o contrabando advindo da era ZÉ DA MERDA, foi gasta, sobrando um minguado capital para a sobrevivência.

27

Voltaram para São Paulo. Mas esqueçam aquela mansão com uma piscina de raia semiolímpica. Alugaram uma casa modesta num bairro popular chamado Bixiga. Sem seguranças e empregados, não havia nada o que roubar. Da ralé para a classe média alta e agora para a classe média baixa. De Z para A e para D. Mas era muito fácil emigrar para a AA, já que os investidores aumentaram a proposta para a compra do projeto em dois bilhões de dólares. Mais do que quinhentos milhões para cada um, contanto que eliminassem os cinquenta por cento para o bem da humanidade. A resposta era NÃO.

Letícia Moura e Johnny Dada também se mudaram para o Bixiga com eles.

Recebeu um convite formal enviado no e-mail e WhatsApp do seu celular para a inauguração da Universidade de Saberes Indígenas Cacique Raoni, construída numa região entre o Xingu, Mato Grosso, Pará e Amazonas. Tinha quase esquecido desse seu projeto de iniciação. Tinha direito a passagens e estadia. Logo em seguida recebeu a ligação de Auro Flecha, dizendo estar em São Paulo e não ter resultados do aparelho de indução neural. Num laivo de intuição, Zé das Flores convidou Auro Flecha par ir com ele para o Norte. Ligou para a Associação da Universidade e pediu mais uma passagem e estadia. Foram concedidas.

Ele continuava a sonhar com o nome Veneranda.

A cerimônia de inauguração foi comovente. Ao abraçar o velho e heroico cacique, ele sentiu toda a força de luta, sabedoria e gratidão. Isso valeu tudo, enchendo seu corpo de luz. Caciques de todas as etnias presentes, políticos, homens de ciência, as elites da consciência. Inclusive o músico Sting. O dr. José Lourenço Pinheiros foi devidamente homenageado. Lá eles conheceram o professor Jacson Tapajós, e uma empatia entre eles surgiu. O professor Jacson era um grande conhecedor da fauna e flora amazônica e das lendas, que, para ele, não eram lendas coisa nenhuma, mas sim realidades paralelas. Desde a Cobra Grande às cidades submersas dos encantados, seus relatos eram fascinantes. Convidou-os a passar uns dias com ele, em Alter do Chão, uma vila de Santarém, iria introduzi-los na culinária paraense, e inclusive ia levá-los a conhecer uma poderosa xamã do local, dona Veneranda.

Só agora Zé das Flores entendeu o recado do boto.

Alter do Chão foi uma festa. Conheceram o curimbó, uma vertente do carimbó, cujo Mestre absoluto era Chico Malta, seguido pelo cacique Osmarino e Hermes Caldeira, e o percussionista Catraca. Comeram tucunaré, tambaqui e pirarucu. Conheceram Eduardo Serique, o maior contador de estórias e romancista, e beberam muito açaí e dançaram e dançaram carimbó. E chegou o dia de conhecer dona Veneranda.

Foram para o bairro de Jacundá, e numa casa cercada de árvores, encontraram uma senhora simpática de meia-idade que era dona Veneranda, que estava com uma filha professora e uma neta linda, e mais marido presente, o Seu Antonio. Após um longo abraço em Jacson Tapajós, ela olhou fixamente para Zé das Flores e Auro Flecha. Falou: "Vocês demoraram. Faz mais de ano, os meus guias avisaram que vocês viriam". Em seguida, pediu para Jacson sentar num banquinho que se localizava no quintal de sua casa, e começou um ritual de limpeza, abanando em volta dele um ramo de ervas chamado pião roxo. Se as ervas murchassem, a pessoa estaria carregada e o ritual se encarregaria de limpá-la. Jacson estava limpo. Quando chegou a vez de Auro Flecha, dois ramos de pião roxo murcharam, até que o terceiro completou a tarefa de limpeza. Disse a Auro: "Você chegou de muito longe para cumprir uma missão quase impossível nesta terra que já é sua. A missão vai se realizar". Chegou a vez dele. Foi preciso dez maços de pião roxo até que o décimo primeiro não murchou. "Jacson falou que seu apelido é Zé das Flores. Seu Zé, o senhor teve muitas vidas e muitas perguntas. Todas elas serão respondidas."

Em seguida foi o turno das consultas pessoais. Dentro de sua casa. O primeiro a entrar foi Jacson. Depois de meia hora saiu, deslumbrado. Disse para eles: "A consulta é para vocês dois juntos. Favor entrar". Na sala disse: "E vocês não precisam falar nada, eu sei de tudo. Os meus guias me avisaram que dois Salvadores do Mundo viriam a mim para eu lhes passar o remédio. Pegue este bloco e tomem nota. Um pingo de saliva de sapo ialashakaua, três gotas de óleo de andiroba, cinco gotas de mel de jataí, sete gotas de banha de porco do mato e acrescentar uma pastilha de aspirina moída. Tudo isso vai formar uma pasta que deve untar as conexões dos fios no corpo da pessoa. É como aquele exame do coração, um tal de cardiograma. Não se esqueçam que deve ter choques. Eu tentei passar essa receita para o dr. Frederico, nosso médico local. Ele não entendeu nada. Eu me enganei. Era para vocês". Saiu da sala e voltou com dois garrafões pesados. "Isto foi o presente de meus guias para vocês e para o mundo. Deve dar para todos os viventes." Encerrou a sessão com ar muito cansado e não quis receber nenhuma gratificação. Ao sair da casa de dona Veneranda, Zé olhou para o rio e viu, ao longe, um boto dando saltos de alegria. Tentou transmitir um abraço ao boto. Achou que conseguiu.

Voltaram para o hotel e seu celular tocou. Era Eulália, desesperada, dizendo que AMÃE tinha sumido. Ele pegou o primeiro voo disponível.

Dona Veneranda

28

Auro ficou sozinho no quarto compartilhado. A sua passagem de volta era para o dia seguinte. Decidiu fazer uma experiência com o presente recebido. Ligou o aparelho de indução neural, aplicou os eletrodos em sua pele untada pela pasta de dona Veneranda, regulou a voltagem de choques e deitou-se na cama. A televisão estava ligada e transmitia um jogo de futebol entre equipes locais.

Estava no ônibus indo para o Maracanã. Sentia as pernas trêmulas. Sentimento geral de toda a equipe. Final da Copa do Mundo de 1950, faltava apenas vencer uma equipe. Eu, Fonseca, marquei um gol de cabeça contra a Suécia, a bola pelo ar como um gavião pousando na minha cabeça e voando direto para a rede. Os abraços dos companheiros, meus passes certeiros, a euforia da goleada. Depois veio a Espanha. Marquei mais um gol, com um chute de fora da área. O público cantando e, nós, uma orquestra afinada, tocando. Outra goleada. Agora a final, é muito importante para mim, Fonseca, filho de pedreiro e mãe lavadeira, ganhar esta final, uma oportunidade para sair definitivamente do planeta Fome. Eu, o único jogador de um time pequeno da periferia do Rio de Janeiro, escolhido para a seleção. Antes do jogo, muitas festas e comícios, promessas de mundos e fundos, automóveis, casas e dinheiro. Tudo isso atrapalhou nossos treinos e concentração, todos sonhando com a abundância da conquista. Do vestiário entramos em campo. É muita responsabilidade. A expectativa coletiva com a vitória era o despertar do gigante e o Brasil se tornar uma potência do primeiro mundo.

Como é diferente o odor, o cheiro, entre uma partida e outra. Nas últimas, era uma mistura de grama, suor e entusiasmo, cheiro inebriante. Nesta, a mistura de grama suor e medo traz um cheiro acre. Começou a partida. Eu bem posicionado, nós, os de camisa branca contra os de camisa azul-celeste. Mas tudo mudou. Não era mais um passeio, mas uma luta de vida e morte. Eles jogavam bem com sua defesa forte e contra-ataques perigosos. Quarenta e cinco minutos de angústia, eu não acertava nenhum passe para a linha de frente, mas era efetivo no desarme. Começa o segundo tempo e sai nosso gol. O público vai ao delírio. Vitória. Mas logo em seguida eles empatam. Apreensão. Fui atingido por um jogador adversário com uma forte cotovelada nas costelas. Sou atendido pelo massagista, que esfrega uma pomada nas minhas costas. Cheiro de cânfora. Volto e de repente o meia-direita uruguaio avança e, em vez de centrar para a área, chuta direto e surpreende o goleiro. Gol. Mutismo total na plateia. O time todo parte para o ataque, o empate nos dá o título. Nada acontece e acaba o jogo. Todo sonho do despertar de uma nação se evapora. Eu não aguento de tanto chorar.

Auro abre os olhos e grita ALELUIA. Não era um sonho, era vivência absoluta. E Auro não conhecia nada de futebol, na sua terra natal o esporte era o atletismo e corridas de longa distância. Nunca soube desse trauma brasileiro. Ele foi induzido pela transmissão de uma partida local pela televisão ligada e entrou dentro de um inconsciente coletivo, e ele era Fonseca e não Auro. Eu poderia ser o colega de Jesse Owens olhando ele ganhar a corrida da Olimpíada de Berlim em 1936, um atleta negro, ganhando de um ariano. Hitler ficou enraivecido. ALELUIA. A MÁQUINA DE INDUÇÃO VIRTUAL FUNCIONA. Se ajoelha e agradece aos deuses da Floresta e à dona Veneranda.

29

Encontrou Eulália transtornada. "Já procurei AMãe por todo o bairro, afixei anúncios de Procura-se, liguei para a polícia e nada." Eles se olharam e uma intuição instantânea se fez. Pegaram o carro, o Cachorrinho Que Latia Muito pulou dentro, e eles foram para o depósito de lixo em Santos. Era noite e eles portavam lanternas. Subiram o morro do monturo de lixo em direção ao trono deteriorado. AMãe estava lá olhando o infinito. Só que não era AMãe. Era seu corpo. Ela era o infinito. Sentaram-se ao lado do trono e choraram. O Cachorrinho Que Latia Muito não parava de uivar.

Três dias depois, voltaram com as lanternas para o monturo e o trono, portando as cinzas de AMãe e uma bacia. Colocaram a bacia no trono, despejaram as cinzas dentro, e os três ficaram olhando o infinito, em silêncio. Em seguida, um vendaval veio do nada, derrubando a bacia e espalhando as cinzas. Eulália abraçou o Cachorrinho Que Latia Muito para ele não voar como as cinzas. Como o vendaval surgiu, ele desapareceu. Olharam o céu estrelado e uma chuva de meteoros e cometas aconteceu.

30

Johnny Dada e Auro Flecha trabalharam no aparelho de indução neural. Esqueça aquela aparelhagem desajeitada. Dada a transformou no tamanho de um laptop. Estudou a frequência da indução e constatou quinze por cento. A viagem de Auro como jogador de futebol foi resultado de uma vontade imensa dele, fazendo os quinze por cento chegar a mais de setenta. Outra vez a miraculosa genialidade de Dada: o chip orgânico elevando a indução em noventa por cento. O mais espantoso ainda foi a criação do chip de ancoragem

Mas como foi isso possível? Através de um simples botão de leitura digital acoplado ao de leitura de temperatura e batimentos cardíacos. Esse dispositivo eliminaria qualquer bad trip. Se a viagem do participante se encaminhasse para um trauma, o sinal de alerta ligaria automaticamente a volta, numa aterrissagem mais tranquila possível.

Todos de O Grupo realizaram viagens autoinduzidas. Mesmo para todos que trabalharam em cada detalhe desse plano, a surpresa foi FENOMENAL. Visitando cada cultura, pensamento, arte, isso criaria uma pele de humanidade tão intensa que seria uma revolução no comportamento humano.

Remeteram o invento para o registro de patentes.

A esperada vitória se revelou uma derrota amarga. Não só foi recusada a patente como o invento foi classificado como uma droga potente que era capaz de uma lavagem cerebral, transformando os participantes em zumbis. Muito pior que o ópio e a heroína. Esse fato vazou para a imprensa e uma ampla campanha de difamação foi levantada contra as pessoas de O Grupo. Escolha um adjetivo: facínoras, fascistas, terroristas, criminosos, serial killers, genocidas etc. Foi pensada a hipótese de prisão para esses membros em função da salvaguarda da sociedade. Um processo foi aberto. Todas as propostas de compra do primeiro invento desapareceram. Um mandato de busca por suspeita de criação de drogas foi expedido. Eles viviam em hotéis com identidades falsas criadas por Dada.

UMA PESTE ASSOLOU O MUNDO

A epidemia de Covid-19 destruiu milhares de vidas. Eles viam pelas televisões dos hotéis a devastação global, começando na China, viajando para a Europa e para as Américas. O contágio de pessoas infectadas era altíssimo. Foi decretado lockdown, quarentena em casa e outras medidas protetoras.

Auro Flecha e Johnny Dada tiveram a mesma ideia e ao mesmo tempo. Por que não transformar o aparelho de indução neural para a indução de expulsão do vírus no organismo. Eles precisavam ter acesso aos exames de pessoas portadoras, descobrir como é o comportamento desse vírus para que a indução de expulsão fosse bem-sucedida. Isso não foi um problema. Johnny Dada, travestido de enfermeira, roubou exames em vários hospitais. Gagaliam da Silva deu vida ao visual e A Sacerdotisa intuiu o odor e Sergius Barrafunda, o assobio característico do vírus. Trabalharam por quarenta dias, e o primeiro resultado apareceu. A primeira indução proibia o vírus entrar em pessoas sãs, tornando-se uma vacina segura. Mas ainda não funcionava na expulsão dos corpos infectados. Eles aprimoraram o conduto, o botão de transmissão de dados dos pacientes a um grau máximo, motivando a integração total com o chip orgânico e, portanto, com o paciente. Isso deu certo.

ISSO DEU CERTO.

31

O dr. Auro era amigo de universidade do dr. Wilson. O dr. Wilson era chefe de departamento do Hospital das Clínicas, o maior centro de pesquisas da América Latina. Telefonou para ele e explicou em detalhes o aparelho salvador. Wilson teve suas dúvidas, e como médico na linha de frente ao combate do vírus, assistira a inúmeras mortes, e inclusive ele e sua mulher tinham contraído o vírus de uma forma mais leve e, portanto, ele não poderia recebê-los por estar em quarentena. Auro argumentou que isso era melhor ainda, e que eles poderiam ser as primeiras cobaias desse teste. Wilson sabia da seriedade de Auro desde a universidade, então aceitou recebê-los no dia seguinte, em sua casa. O que ele tinha a perder, só a vida. Auro também explicou que eles eram procurados pela justiça, e esse encontro deveria ser em sigilo. Wilson não deu a mínima.

Auro Flecha, Johnny Dada e Zé das Flores foram à casa do dr. Wilson e aplicaram o teste nele e em sua esposa Patrícia. Ficaram em se comunicar durante doze horas, que era o período da expulsão do vírus. Em seguida, deveriam fazer o teste da Covid e entrar em contato com eles.

Telefone do dr. Wilson para Auro. "Alô, seus genocidas filhos da puta", falava ele chorando e com ironia, "vocês são os Salvadores do Mundo. Marquei para amanhã, aqui no Hospital das Clínicas, um teste com doze pacientes terminais de Covid. Chamei toda a imprensa jornalística e televisiva, consegui uma suspensão de prisão temporária para vocês, e só tem um senão. Se o teste não der certo, vocês vão em cana e eu perco o emprego."

Foram escoltados pela polícia, a mesma que os prenderia se houvesse fracasso. Todos de O Grupo, menos A Sacerdotisa. Entraram na ala reservada a esse experimento com centenas de jornalistas e câmeras de televisão, encontraram o dr. Wilson e se encaminharam para a câmara dos testes com os doentes terminais, sem emitir nenhum comentário para a imprensa. Tudo era registrado em vídeos do Hospital. As apostas eram de setenta por cento para o fracasso e para a prisão de O Grupo e a perda de credibilidade do dr. Wilson.

Trabalharam vinte horas seguidas entre colocar os eletrodos nos pacientes, os óculos que transmitia o vídeo da indução e também o aparelho de olfato no nariz e os fones de ouvido. Vinte minutos depois, retiraram os óculos, o olfatrômetro e os fones, e a viagem de expulsão começaria e demoraria quarenta minutos. Repetiriam doze vezes. Tinha um quarto reservado para eles com oito leitos. Mergulharam num sono profundo. Todos os resultados seriam conhecidos juntos.

Acordaram com um imenso torpor, como se tivessem dormido durante anos. Abriram a porta do quarto e encontraram centenas de pessoas ajoelhadas e com as palmas juntas, como se rezassem. Cinegrafistas, jornalistas, médicos e enfermeiros nessa postura, e todos chorando. Os policiais que os prenderiam se adiantaram, ajoelharam-se e beijaram seus pés (seus sapatos), lustrando-os com suas lágrimas e rasgando acintosamente a ordem de prisão. No final, estava o dr. Wilson, ajoelhado e chorando. De repente, um urro de júbilo irrompeu e todos se abraçaram, se beijaram na boca e jogaram pelo ar as máscaras. TODOS OS TESTES FUNCIONARAM.

As manchetes dos jornais nacionais e internacionais e televisivos: OS SALVADORES DA HUMANIDADE. Uma enxurrada de desculpas de todos que denegriram seus nomes. Uma comissão de ética reexaminou a conclusão dos relatórios do Departamento de Patentes e chegaram à conclusão de que o parecer primeiro foi falacioso. Destituíram a diretoria e aprovaram com louvor o experimento da indução neural, inclusive concedendo patente para a máquina de cura.

Foi marcado para a semana próxima a demonstração de cura induzida com a comunidade internacional de cientistas e a Organização

Mundial da Saúde no Hospital das Clínicas em São Paulo. Nesse meio-tempo Johnny Dada reciclou mais duas máquinas, e as curas diárias eram vinte por dia para cada máquina, sessenta para as três.

A EUFORIA MUNDIAL ERA IMENSA. Parece que a chave da prisão fora liberada.

O encontro internacional confirmou a total eficiência do projeto.

Receberam propostas de fortunas inimagináveis de várias nações do mundo. O GRUPO detestava o conceito de nações. Nação era sinônimo de domínio político através da mercadoria, e para eles isso era um crime. Cederam os direitos de graça, não queriam ganhar um tostão com a infelicidade alheia.

Cederam os direitos para a Organização Mundial de Saúde, ligada à ONU, mediante as observâncias de cláusulas pétreas, ou seja:

As máquinas produzidas por empresas, quaisquer que fossem, seriam vendidas aos governos pelo preço de custo, caso os próprios governos não as confeccionassem. A produção teria de ter um excedente de cinquenta por cento para a distribuição dessas máquinas a todos sem poder aquisitivo. Resumindo: TODO CIDADÃO, CIDADÃ, EM QUALQUER PARTE DO MUNDO, TERIA O DIREITO INALIENÁVEL DO ACESSO À CURA ATRAVÉS DESSE APARELHO.

A ONU acedeu a esse acordo, que seria assinado por todos os governantes do mundo na sede da ONU. Naturalmente, todos esses acordos foram elaborados por Vulgus Marxciano.

Nestes tempos de reclusão, o mundo precisa de heróis. E eles foram os eleitos, com devido merecimento. O mundo só não sabia que eles eram anti-heróis. Receberam homenagens de todos os cantos. Medalhas de todas as nações. O governo britânico cogitou conceder o título de Sir e Lady para os integrantes de O Grupo. Eles recusaram todas essas homenagens, menos uma. Foram indicados ao Prêmio Nobel pela Academia Real das Ciências da Suécia. Todos foram para Estocolmo.

O ACONTECIMENTO DO ANO.

Todas as emissoras de todos os países transmitindo ao vivo, perguntaram para Zé das Flores porque eles aceitaram o prêmio Nobel e recusaram todos os outros. Ele respondeu:

"Pura vaidade e inveja. Inveja do Bob Dylan." Todos riram.

A cerimônia transcorreu em euforia. Todos discursaram brevemente, tentando minimizar suas descobertas. Quem falou mais foram Vulgus Marxciano e a irmã de Johnny Dada, que discursou em nome dele, já que ele estava indisposto e não pôde viajar. Marxciano fez um discurso exaltado, falando que a cura feita através de seus aparelhos não era tão importante quanto o partilhamento social de bens através de um mecanismo de regulação da própria distribuição das máquinas, inclusive sugerindo taxar o acúmulo de riquezas em posse de tão poucos. Mas o discurso mais emocionante foi o da irmã de Johnny Dada. Ela elogiou a vontade férrea de Zé das Flores, as qualidades individuais de cada um de O Grupo, e falou como a união de pessoas dotadas pode amplificar a vontade de mudança, o grande portal que se abriu vindo das mãos de uma curandeira do Amazonas, o partilhamento das descobertas muito além da cura, que formariam uma pele especial, levando homens e mulheres a um nível de consciência nunca imaginada. Foi aplaudida de pé com gritos de BRAVO.

Só tinha um detalhe: Johnny Dada era filho único.

Ele tinha aperfeiçoado os dois aparelhos, deixando-os do tamanho de um laptop. As vendas começariam depois de três meses de demonstração em museus e galerias, para as viagens induzidas nas salas com sofás, e nas ruas, com os participantes do diálogo com os mestres. O sucesso vem como uma onda e, atrás dessa onda, vêm outras ondas. Mas houve fatos bizarros. Em Berlim um participante com ideias contrárias a Marx partiu para lutar com sua imagem virtual, e só conseguiu quebrar a cadeira onde a imagem de Marx era projetada. E outro na Jordânia acreditou ser Jesus Cristo. Foi um erro de aceitação das máquinas em dar a permissão da consulta, já que havia um detector de sanidade mental. Foi rapidamente corrigido.

Os aparelhos venderam como amendoins. Os da presença virtual e projetada dos mestres teve, mais tarde, uma aplicação didática não prevista. A do professor em casa. Nesse caso, não seria aplicada a leitura de dados na rede, mas sim um estudo do perfil de estudantes de até catorze anos, e as lições dadas pelos mestres eram adequadas a esse perfil. Matemática, física, línguas, história, geografia, todas as matérias até a universidade. Também se tornou um grande auxiliar em sessões de psicanálise. Os aparelhos de indução neural eram mais sofisticados em relação aos mecanismos somáticos do primeiro aparelho. Com ênfase no âmbito do ancoramento posterior da viagem do participante, isto é, ele voltaria ele mesmo e nunca seu roteiro. Ao mesmo tempo, permitiria uma só viagem por semana, para não incorrer no vício da repetição, como receava o primeiro laudo da Comissão de Registro de Patentes.

Choviam pedidos de mais trabalhos. Muitos países requisitaram enfoques sobre sua cultura, sempre acatando a norma de não engrandecimento de sua cultura sobre as demais, e também aceitando a realidade dos excluídos nesse processo. Toda proeminência nacional leva a genocídios, como o massacre dos armênios, os campos de concentração nazistas, as bombas atômicas, o genocídio do colonialismo, as ditaduras latino-americanas, as guerras idiotas como a do Vietnã etc. TODA CULTURA VERDADEIRA É UMA CULTURA DE PAZ.

32

Uma nova História a ser escrita julgará o século XX como um dos mais sombrios. O conceito de poder chegou a seu estágio máximo, em guerra entre nações e genocídios implícitos pela liderança, pela religião da ciência aprimorando máquinas de destruição, a Idade Média mais perversa. Milhões de vidas sacrificadas, a banalização da morte. E o perigo eminente de uma guerra entre as potências concorrentes do momento.

Contra essa avalanche O GRUPO luta através de suas máquinas de empatia.

NÃO SÓ VER O OUTRO, MAS SER O OUTRO.

Você já imaginou sendo branco existencializando em ser negro? Sem indulgência, piedade e culpa, apenas caindo dentro de sua negritude, vivendo os preconceitos, as barreiras sociais e o menosprezo disfarçado? Você voltaria dessa viagem com uma empatia enorme, não em relação ao outro, mas em relação a si mesmo, agora que você é branco e preto. Ou sendo índio? Ou sendo pobre? Ou sendo MULHER?

A viagem para ser MULHER foi uma das mais revolucionárias. Você existencializar em ter uma vagina e não um pênis, sentir a prepotência do poder patriarcal e ao mesmo tempo a concepção de um novo ser, seu filho? Os prazeres do sexo, o envelhecer e a fuga da beleza como isca? E a determinação em vencer, apesar do preconceito embutido de sexos diferentes?

Essas experiências mudaram os conceitos da Humanidade,

CRIARAM UMA NOVA PELE DE EMPATIA.

Outras experiências foram igualmente importantes, como a de ser e vivenciar diferenças sexuais. Como ser um boi ou uma ave, ou um peixe, no matadouro. (Como consequência, o consumo de carnes diminuiu drasticamente e o veganismo cresceu exponencialmente.) Esses programas aumentaram a compreensão das disparidades entre os seres humanos.

Choviam pedidos de viagens virtuais de todas as partes do mundo. Milhares. Eles não dariam conta. Estavam exaustos. Resolveram abrir para todos os criadores, compartilhar os programas contanto que seguissem a risca o código de ética preestabelecido. Um dos integrantes desse código era Vulgus Marxciano. Ele teria o papel principal em coordenar ou vetar roteiros em nome do O Grupo e da comissão da ONU àqueles que maculassem o código.

Neste momento NASCEU A OITAVA ARTE, parida da sétima, O CINEMA.

Um dos programas de maior sucesso estrondoso foi o do Bordel de Madame Paulette, que migrou para o mundo todo e em todas as épocas. Foi uma enorme mudança no comportamento patriarcal em relação ao sexo. Este se tornou um fator de empatia, camaradagem e cumplicidade, nunca de posse e virilidade. Do êxtase do amor romântico e único, do encontro da outra metade, passou a ser a comunhão da compreensão, do entender o outro e de partilhar o prazer de uma união carnal. Isso possibilitou uma mudança na sociedade vigente. Elas se transformaram em PUTAS. Profissionais Unidas de Transformação Afetiva. Inclusive nas universidades de psicologia foi instituída a cadeira de Terapeutas Sexuais. Ser chamado de puta ou puto era um grande elogio. Exemplos: "Você tem tantos talentos que mostra que é um grande filho da puta". Quando o pai diz ser a filiação de sua filha, uma grande filha da puta, todos ficam admirados. Numa reunião de escolas, o professor perguntou aos seus alunos a profissão da mãe:

"A minha mãe é engenheira." Todos aplaudiram.

"A minha mãe é advogada." Todos aplaudiram.

"A minha mãe é bombeira." Todos aplaudiram.

"A minha mãe é puta." Ovação geral.

33

A última reunião de O Grupo

Não era possível tanto assédio. Não existia mais privacidade. Eles precisavam sumir para respirar. O trabalho, ou a missão, estava terminado.

“Se nós pensarmos que existe o Jardim do Éden, estaremos perdidos. Se pensarmos que o BEM venceu o MAL, estamos perdidos. Se pensarmos que somos HERÓIS, amanhã seremos VILÕES. Não se esqueçam do veredicto primeiro da Comissão de Patentes. Eles estavam certos. Poderemos ser fabricantes de drogas de lavagem cerebral. Tudo depende do PÊNDULO DA HISTÓRIA. Se ele pender para a Utopia, somos salvos. Se pender para a Distopia, estamos perdidos. Se pender para a Humanidade, seremos os heróis. Se pender para a Barbárie, seremos os vilões. A luta será e sempre foi lutar pela inclinação correta do Pêndulo. A Barbárie pode rasgar nossos códigos de ética e a partilha de lucros, ela pode criar uma raça de escravos com nossas invenções. A luta nunca pode parar, porque o conflito está sempre presente. Não vamos acabar sendo como Alfred Nobel, o inventor da dinamite.

A nossa dinamite é a da consciência.

Mas o papel de Heróis estava longe de terminar. Com o código já compartilhado, A MÁQUINA poderia acabar com todas as doenças, cânceres, ataques de coração, AVCS, pneumonia, TODAS através do estímulo neural de eliminá-las do corpo. Mas o grande perigo não era eminente. Estava desenhado para a próxima década. A máquina de indução neural, através de sua ação aprimorada, poderia estender a vida por trezentos anos ou mais. Ela poderia induzir o organismo humano a retornar da velhice para a juventude, ou adiar para muito tempo a chegada da velhice. Segundo o historiador israelense, Noah Yuval Harari, o Homem se tornaria Amortal, não Imortal. Isto é, poderia viver quanto quisesse, contanto que um tijolo não lhe caísse na cabeça ou houvesse qualquer acidente. Mas estaria a Humanidade preparada para a Amortalidade? A mudança de parâmetros seria drástica até surgir a acomodação. Nesse período de transição, eles seriam considerados OS VILÕES por terem inventado esse aparelho tão radical. Poderia se desenhar um caos se a ONU não o liberasse para todos, independente de posses.

Mas ao mesmo tempo teria que gerir o aumento da população mundial através da restrição de nascimentos. Se ainda existir classes sociais, os ricos viveriam em Marte e os pobres no planeta Terra.

Johnny Dada exclamou: "Eu tenho a solução!".

Todos perguntaram: "Qual?".

Respondeu:

APRENDER A NADAR.

Em seguida contou uma piada:

"Um professor pegou um barco para atravessar um grande rio. Quando estava na metade, ele perguntou ao barqueiro que remava: 'Barqueiro, você sabe quem são os grandes filósofos Kant, Schopenhauer e Heidegger?'. 'Não senhor', respondeu. O professor falou: 'Então você perdeu metade de sua vida'. Depois de um momento, ele perguntou: 'Barqueiro você sabe quem foi Bach, Mozart, e Villa-Lobos e o que é a teoria da relatividade de Einstein?'. 'Não senhor', respondeu. 'Então você perdeu metade de sua vida', replicou o professor. Dez minutos depois foi a vez do barqueiro perguntar: 'Professor, o senhor sabe nadar?'. 'Nã', ele respondeu. 'Então o senhor vai perder sua vida toda porque o barco está afundando'."

Ninguém riu.

Decidiram, como último ato, doar a sua comissão de dez porcento dos inventos para a Comissão de Distribuição dos Lucros para os Necessitados da Organização das Nações Unidas. Já tinham ganhado dinheiro suficiente.

Gagaliam da Silva e A Sacerdotisa e Sergius Barra Funda, como sempre, foram dínamos, continuaram a realizar obras notáveis de grande sucesso.

Auro Flecha prosseguiu com suas viagens pelo mundo, procurando novas aventuras do Impossível, quixotesco como sempre foi.

Johnny Dada e Letícia Moura evaporaram.

Zé das Flores e Maria Eulália se mudaram para a Amazônia.

A maior tarefa (ou maior abacaxi) ficou para Vulgus Marxciano. Ele se responsabilizou pela luta dos Códigos de Ética dos inventos e por sua distribuição de lucros. Passou a ser membro da ONU, e no futuro seria seu secretário-geral.

34

Zé e família se mudam para a Amazônia

Antes da mudança, o dr. José Lourenço Pinheiros comprou o aterro sanitário de detritos, o lixão, da prefeitura da cidade de Santos. Contratou um paisagista chamado Edu Lotfi para transformá-lo num bosque, com árvores, corredeiras, lagos e animais silvestres. Edu explicou que seria um trabalho demorado, quase dez anos. Primeiro teriam que decompor o lixo através de dutos subterrâneos de ventilação para o ar livre e para a irrigação. Depois o plantio de mudas não daria certo de imediato, talvez no sexto ou sétimo plantio, depois toneladas de terra preta no local. Com sorte o solo estaria vivo após cinco anos. Zé das Flores concordou e intitulou o lugar de BOSQUE DA VISÃO INFINITA.

Também fortaleceu o orçamento do canil de proteção aos cachorros abandonados, o canil Cachorro João, ramificando-o para várias cidades do país.

Agora, Zé da Merda ou Zé das Flores, ou qualquer que seja o seu nome, sentia-se mais leve. Tirou o carma do dinheiro dos narcóticos presenteado pelos Reis Magos e do dinheiro da contravenção e compartilhou com todos. E agradeceu ao dr. José Lourenço Pinheiros pelo empréstimo de seu nome.

Compraram uma casa com grande terreno, em cima de um morro na Ponta do Cururu, com uma vista de cento e oitenta graus para o rio Tapajós, na vila de Alter do Chão, no oeste do Pará. Maria Eulália se dedicava à culinária paraense, fazendo pratos com jambu, que eram a delícia do Zé. E muito açaí. Eulália tinha muita facilidade para comunicação, fez muitos amigos e amigas, e se interessou pelo artesanato local. Zé das Flores se interessou pela marcenaria, aprendeu com os locais a fazer móveis. Fez uma estante de livros aproveitando a casca de uma canoa, o que o deixou contente. Encomendou madeiras, e para ele era sempre um prazer serrar, lixar e envernizar essas madeiras. Já para o Cachorrinho que Latia Muito era outro universo. Latia para os macacos, para os pássaros, para os lagartos, para as formigas. Uma manhã ele fugiu de casa. Todos preocupados com sua sobrevivência. Voltou no fim de tarde com dois amigos. Um cachorro maior que ele, chamado Tapioca, e sua filha Manioca. Deram-se muito bem e fixaram residência na casa. O Cachorrinho que Latia Muito começou a latir muito menos.

Às vezes eles iam para o centro assistir aos shows de carimbó de Chico Malta, ver os amigos e tomar cervejas. Também Zé das Flores, quando sentia falta de seus amigos indígenas do norte da Amazônia, pegava um avião e ia vê-los e participar dos festas de inalação do pó da ayahuasca. Lá, ele já tinha outro nome. TU-TOTOLU, o Homem Duas Vezes Inteiro.

Mas o que ele gostava mesmo era de descer o morro onde ficava sua casa, deitar na areia da praia de rio, esperar o boto e conversar horas com ele. Falavam de civilizações passadas, arte, cultura, de tudo. E nadar com o boto, se é que se pode chamar de nadar aquele se mover, andar ou voar na água, seguindo o fluxo do boto. Lembrou das palavras de Johnny Dada: APRENDER A NADAR. (Será que ele é filho de boto?) Zé das Flores conseguia ficar cinco ou mais minutos debaixo da água sem respirar. Um dia o boto levaria Zé para conhecer a Cidade Encantada no fundo do rio.

Uma manhã, Zé estava na praia quando apareceu o boto com um sorriso maroto e uma cara de malandro. Falou: "Vocês sabem que salvaram a Humanidade de uma epidemia, que curaram todas as doenças e que esticaram muuuiiito a vida dos humanos. Até aí tudo bem. Mas depois começaram a se criar lendas muito engraçadas, então vou te contar algumas: Uma delas conta que você era o São João Batista que batizou Johnny Dada, que era o Jesus Cristo, os outros os discípulos e Vulgus Marxciano, São Paulo; outras que você era Deus, e assim por diante, sempre mudando os papéis das pessoas de O Grupo. Mas a lenda mais maluca é a que você era o Diabo, o Demônio, Lúcifer e que veio com seu exército para destruir a Humanidade. O que você acha?". Respondeu:

"ETA HUMANIDADE BESTA."

Começaram a rir. Falar isso e pouco. Começaram a rir histericamente. Cada vez mais alto. Sem parar. Gargalhadas. As gargalhadas cruzaram os rios e chegaram às cidades. Toda a Amazônia estava rindo sem saber por quê. As risadas emigraram para o Nordeste e depois para o Sudoeste e para o Sul. Todo o país estava rindo sem saber por quê. As risadas invadiram a América do Sul, subiram para a América do Norte e daí para a África, Europa, Ásia e Oceania. O planeta estava rindo numa alegria esfuziante, sem nexo, incongruente e sem saber por quê.

35

Eulália engravidou.

AGRADECIMENTOS

Em primeiro lugar, quero agradecer aos personagens reais que inspiraram os fictícios: Pedro Matoso e Nelson Aquiles, os primeiros professores de Zé da Merda, foram inspirados em Pedro de Moraes e Nelson Aguilar. O episódio da votação do Centro Acadêmico com a chapa O Ser e o Nada foi verídico, mas aconteceu na Faculdade de Filosofia da Universidade de São Paulo no começo dos anos 1960.

Os três pintores que fizeram painéis na casa de Zé das Flores: Ivald Granato, Claudio Tozzi e um tal de Aguilar são verdadeiros, como eu posso atestar.

O professor de Tai-Chi-Chuan, o Mestre Wong é também meu professor e a sua Academia se localiza em São Paulo

A equipe de trabalho de Zé das Flores: Johnny Dada e Letícia Moura são fictícios; Auro Flecha foi inspirado no amigo Auro Lerscher; Gagaliam e A Sacerdotisa inspirados nos amigos Gregório Gananian e Danielly O.M.M.; Sergius Barra Funda foi baseado no amigo pianista Sergio Villafranca; e Vulgus Marxciano inspirado no amigo Hugo Albuquerque.

O personagem de dona Veneranda foi totalmente inspirado na figura real e majestosa de dona Raimunda, famosa curandeira e benzedeira de Alter do Chão, no Pará. Ela me foi apresentada pelo professor e amigo Jacson Tapajós, um dos maiores tradutores dos mitos amazônicos.

Agradeço também aos músicos amigos Chico Malta, Cacique Osmarino, Hermes Caldeira, Catraca e ao excelente escritor Eduardo Serique, presentes nesta estória. E a todos os amigos e amigas de Alter.

E ao amigo Edu Lotfi, o paisagista que idealizou O Bosque da Visão Infinita no livro e agora lá mora.

Finalmente agradeço à ousadia do editor Samuel Leon e aos incentivos de entusiasmo de minha companheira Fernanda Sarmento.

SOBRE O AUTOR

José Roberto Aguilar nasceu em São Paulo em 1941. Pintor, videomaker, performer, escritor, compositor, revela ao longo de sua carreira a facilidade de transitar de um suporte a outro com grande desenvoltura. Aparece na cena artística brasileira no início dos agitados anos 1960, quando é selecionado para participar da VII Bienal de São Paulo. A partir daí integra as mais importantes manifestações artísticas do país. Seus trabalhos e intervenções ao longo de cinco décadas vão desde a pintura — passando por videoarte, videoinstalações, performances — à liderança da Banda Performática, que aliava pintura, música, teatro e circo em shows que reuniam grande plateia em praça pública. A atração pela literatura e pela mitologia é constante na produção do artista, que se apropria da escrita e dos signos, fazendo-os elementos integrantes em suas telas. É autor de cinco livros de ficção — *A divina comédia brasileira*, *A canção de Blue Brother*, *Hércules Pastiche*, *A Revolução Francesa de Aguilar* e *Tantra coisa: Insights de um voyeur* — e de algumas composições musicais. É também um dos pioneiros da videoarte no Brasil. Com mais de cinquenta anos de presença no panorama cultural, consolidou uma posição ímpar, que se caracteriza pela diversidade e coerência.

Este livro foi composto em Times pela *Iluminuras* e terminou de ser impresso nas oficinas da *Meta Brasil Gráfica*, em Cotia, SP, sobre papel off-whitte 80g.